मेरी कहानियाँ : उषा प्रियंवदा

मेरी कहानियाँ : उषा प्रियंवदा

सम्पादक

डॉ. निर्मला जैन

वाणी प्रकाशन

वाणी प्रकाशन
4695, 21-ए, दरियागंज, नयी दिल्ली 110 002
शाखा
अशोक राजपथ, पटना 800 004
फ़ोन: +91 11 23273167 फ़ैक्स: +91 11 23275710
www.vaniprakashan.in
vaniprakashan@gmail.com

MERI KAHANIYAN : USHA PRIYAMVADA
Edited by Dr. Nirmala Jain

ISBN : 978-81-8143-831-7
Stories

प्रथम संस्करण 2000
द्वितीय संस्करण 2007
आवृत्ति 2014
मूल्य : ₹200.00

हर्ष प्रिंटर्स, दिल्ली-110 093 में मुद्रित

वाणी प्रकाशन का लोगो मक़बूल फ़िदा हुसेन की कूची से

अनुक्रम

भूमिका

कहानी कहना-सुनना मनुष्य की आदिम वृत्ति है। इस दृष्टि से कहानी का इतिहास भाषा के सार्थक प्रयोग के इतिहास से जुड़ा होना चाहिए। यह किसी देश या समाज विशेष की नहीं मनुष्य मात्र की आदि विद्या है। यह बात अलग है कि वाचिक रूप से भिन्न लिखित रूप में इस विधा का विकास विश्व के सभी देशों और भाषाओं, में अलग-अलग रूपों में, और अलग-अलग या समानान्तर युगों में हुआ है।

आज हिंदी कहानी जिस रूप में मिलती है, उस तक पहुँचने के लिए, वह विश्व-कहानी की विकास-यात्रा में बहुत बाद में शामिल हुई—लगभग एक शताब्दी पहले, यानी बीसवीं शती के आरंभ में। पर पचास वर्ष बीतते-बीतते उसने वह यात्रा तय कर ली जो दूसरे देशों ने सौ-डेढ़ सौ वर्षों में की थी। चूँकि इस यात्रा की शुरुआत कुछ देर से हुई इसलिए अक्सर यह कहा जाता रहा कि कहानी के जिस रूप से आज हमारा परिचय है वह आधुनिक युग और विदेशी प्रभाव की देन है।

प्राचीन परंपरा और गौरव की दुहाई देते हुए हम वेद-पुराणों, उपनिषदों की रूपक-कथाओं, परवर्ती कथा-आख्यायिकाओं में हितोपदेश, कथा-सरित्सागर, पंचतंत्र, बैताल पंचविंशतिका, सिंहासनद्वात्रिंशिका आदि का हवाला देना भी नहीं भूलते। इन सबको शामिल करने से विरासत की बड़ी प्रभावशाली और समृद्ध थाती का बोध होता है। पर आधुनिक कहानी का प्रसंग आते ही यह सूत्र झटके से टूट जाता है, और हम उसकी व्याख्या विदेशी प्रभाव

के हवाले से करने लगते हैं। यह भी तो सही है कि संस्कृत, पाली, प्राकृत और अपभ्रंशों के जिस कथा साहित्य का उल्लेख ऊपर किया गया है, वह हिंदी की विशिष्ट नहीं साझी विरासत है. जिसकी हकदार बाकी भारतीय भाषाएँ भी उतनी ही हैं जितनी हिंदी।

यह भी नहीं भूलना चाहिए कि भारतीय या विश्व-कहानी के विकास में जितना योगदान निजी परंपराओं का है उतना ही मध्य-देशों की अरबी-फारसी भाषाओं में लिखी अलिफ-लैला, हजार दास्तान, हातिमताई, अनवार-सहेली, गुलिस्ताँ-बोस्ताँ जैसी रचनाओं और शीरीं-फरहाद, लैला-मजनूं जैसी लोक-कथाओं का भी है। पंचतंत्र और बोस्ताँ-वर्ग की ईसप की कहानियों का व्यापक प्रभाव सारे यूरोप पर किसी समय रहा है, यह सर्वविदित है।

हिंदी-कहानी के अपने रूप की सही समझ और पहचान के लिए यह ध्यान रखना ज़रूरी है कि उसे विरासत में यह सामूहिक और समग्र कथा-दृष्टि मिली है। हिंदी की आधुनिक कहानी का स्वरूप बीसवीं शताब्दी के आरंभ में, उसकी देशी आत्मा के साथ विदेशी परंपरा के मेल से बनता दिखाई पड़ता है।

यह आकस्मिक नहीं है कि 1901 में रचित किशोरीलाल गोस्वामी की कहानी 'इंदुमती' पर शेक्सपियर के 'टेंपेस्ट' की छाया है। मौलिक कहानियों में रामचंद्र शुक्ल की 'ग्यारह वर्ष का समय' (1903) और एक बंग-महिला की 'दुलाईवाली' (1907) का जिक्र किया जाता है पर इन कहानियों में भी कहानी-कला का पूरा निखार नहीं मिलता। हिंदी की पहली कलापूर्ण मौलिक कहानी 1916 में रचित चंद्रधर शर्मा गुलेरी की 'उसने कहा था' ही है।

पश्चिम में आधुनिक कहानी का स्वरूप इससे लगभग एक शताब्दी पहले हॉथार्न (1804-64), एडगर एलन पो (1809-49), रूसी लेखक निकोलाई गोगोल (1809-52) की कहानियों में निर्मित हो चला था। पर विश्व के कहानीकारों पर जितना व्यापक और गहरा प्रभाव अमेरिकी कहानीकार ओ' हेनरी (1862-1910), फ्रांस के गाइ द मोपासाँ (1850-93) और रूस के एण्टन पाब्लोविच चेखव (1860-1904) का पड़ा, उतना उनके पूर्ववर्तियों का नहीं। स्वतंत्रता के बाद की हिंदी कहानी के प्रसंग में, इनमें

से चेखव विशेष उल्लेखनीय है। कहानी-लिखने के लिए चेखव जिन बातों पर ज़ोर देता था उनमें से दो ध्यान देने लायक हैं। एक तो उसका यह मानना कि 'कहानी का कोई आदि, मध्य और अंत नहीं होता। कहानी केवल कहानी होती है' और दूसरी कहानीकारों को दी गई यह सलाह कि 'जिस स्थिति या अनुभूत्ति से तुम्हारा परिचय नहीं है उस पर कभी मत लिखो।' स्वातंत्र्योत्तर हिंदी कहानी की टेक 'अनुभूति की प्रामाणिकता' रही। और उत्तर शती के आरंभ में लिखने वाले कथाकारों ने 'भोगे हुए यथार्थ' की कहानियाँ लिखने का बराबर दावा किया।

प्रेमचंद की प्लॉटवादी कहानियों के परंपरागत शिल्प को तोड़कर उसे नया रूप तो जैनेंद्र पहले ही दे चुके थे। उनकी कहानियों में प्रेमचंद के संरचित कथानक की जगह व्यक्ति ने ले ली थी। पर उनका यह व्यक्ति अज्ञेय के व्यक्ति की तरह आत्मसजग 'विशिष्ट' नहीं बहुत ही 'असाधारण सहज' व्यक्ति है। जैनेंद्र की कहानियाँ अज्ञेय की कहानियों की तरह सायास कला-चेतस कहानियाँ भी नहीं हैं। वे वस्तुतः आग्रहपूर्वक 'सहज' होने का प्रयास करते प्रतीत होते हैं। यह बात अलग है कि अज्ञेय की अनेक कहानियाँ विशिष्टता के आग्रह और क्रमशः जटिल से जटिलतर होते चले जाने वाले शिल्प-विन्यास के बावजूद अविस्मरणीय कृतियाँ हैं। वे पाठक से साझेदारी के लिए गहरी समझ और विशिष्ट बौद्धिक स्तर की अपेक्षा करती हैं। समय के प्रवाह में इन दोनों कहानीकारों में एक दिलचस्प परिवर्तन यह घटित हुआ कि 'पाजेब', 'मास्टर साहब', 'एक गौ' जैसी सहज सफल कहानियाँ लिखने वाले जैनेंद्र अधिक विचारोन्मुख होकर 'तत्सत', 'विज्ञान', 'अविज्ञान' जैसी विचार-केंद्रित कहानियाँ लिखने लगे और अज्ञेय 'विशिष्ट' की तनावपूर्ण मानसिकता से निकलकर सहज और व्यक्तिगत होने का प्रयास करने लगे पर कुल मिलाकर विचार दोनों पर हावी था।

इनके अलावा थे इलाचंद्र जोशी, जिनके पात्र फ्रायड के मनोविश्लेषण शास्त्र के अनुरूप गहन आत्ममंथन करते दिखाई पड़ते या फिर जोशी जी उनमें मानसिक ग्रंथि का आरोपण कर उनके अनुसार घटनाओं को संयोजित करते हुए कहानियाँ बुनते जाते थे। जाहिर है उनके पात्र इन आग्रहों के कारण असामान्य और विलक्षण प्रतीत होते हैं और उनका शिल्प मार्सल

प्रूस्त और जेम्स जायस जैसे कहानीकारों से प्रभावित। कहानी को विचारानुसार विन्यास देना उनकी भी विशेषता है।

विचाराधारित कहानियाँ यशपाल ने भी लिखीं। उनके मार्क्सवादी दृष्टिकोण को लेकर भले ही उनपर कहानीकार से अधिक प्रचारक होने का आरोप लगाया गया हो, पर इतना निश्चित है कि उन्होंने मार्क्सवादी दृष्टिकोण में आस्था बनाए रखकर अनेक सशक्त कहानियाँ लिखीं। उनकी कहानियों की विविधता हैरत में डाल देती है। उनकी शक्ति और सीमा दोनों इस बात में थी कि उन्होंने एक सुनिश्चित जीवन-दर्शन को विचार के रूप में और उसके लिए उसी तरह के लगभग तयशुदा शिल्प को अभिव्यक्ति के लिए स्वीकार कर लिया। वैचारिक खुलेपन या अनिश्चितता से रचना में जिस शिल्पगत प्रयोगधर्मिता और मौलिकता की गुंजाइश पैदा होती है उसके लिए उनकी कहानी कला में न अवकाश था न उन्हें इसकी ज़रूरत महसूस होती थी। इसके बावजूद उनकी गिनती सन् 1940-50 के बीच के सबसे महत्त्वपूर्ण कहानीकारों में की जाती है। उनके अलावा अमृतराय, राहुल, रांगेयराघव, भगवतशरण उपाध्याय जैसे कथाकारों की पूरी पीढ़ी ने मार्क्सवादी दृष्टि से प्रेरित कहानियों की रचना की।

सन् 1940-50 का दशक राजनीतिक दृष्टि से बहुत घटना-संकुल और उथल-पुथल से भरा युग था। दूसरा विश्वयुद्ध, बयालीस की क्रांति, नाविक-विद्रोह, आजाद हिंद फौज की गतिविधियाँ, स्वतंत्रता-प्राप्ति और उसकी परिणामी दुर्घटना देश का विभाजन, सभी कुछ इस दौरान घटित हुआ। इन राजनीतिक हलचलों के अलावा सामाजिक-आर्थिक मोर्चे पर भी स्थिति बहुत बेहतर नहीं थी। विश्वव्यापी आर्थिक मंदी, महँगाई, मुद्रास्फीति और चोरबाज़ारी और इनके अलावा सांप्रदायिक हिंसा और शरणार्थी समस्या सब इसी बीच अपने दुर्दांत रूप में सामने आए। खास बात यह है कि इन तमाम परिवर्तनों का कारण चूँकि राजनीति है, इसलिए जीवन की हर गतिविधि में राजनीति की चेतना और केंद्रीयता दिखाई पड़ने लगी।

प्रगतिवाद का क्षीण होता हुआ स्वर एक बार फिर बुलंद होता दिखाई पड़ता है और साहित्य की सबसे सशक्त प्रवृत्ति के रूप में पुनःस्थापित हो जाता है। राजनीतिक उद्वेलन के परिणामस्वरूप परिवर्तित होने वाले

सामाजिक परिदृश्य में हिंदी के साथ उर्दू और पंजाबी की कहानी में भी समानांतर प्रवृत्तियाँ और युग-चेतना लक्षित होने लगती है।

सन् '50 के बाद राष्ट्रीय और अंतर्राष्ट्रीय परिस्थितियों में होने वाले परिवर्तनों के कारण प्रगतिशीलता के प्रति आस्थाएँ क्षीण होती दिखाई पड़ने लगीं। दूसरे महायुद्ध के बाद रूस के भीतरी परिवर्तन, रूस और चीन के बीच तनाव, भारत-चीन के संबंधों में आने वाले बदलाव ने प्रगतिशील आंदोलन की जड़ें हिला दीं। पर हिंदी कहानी में प्रयोगशीलों के स्तंभ अज्ञेय और प्रगतिशीलों में सबसे सशक्त रचनाकार यशपाल अपनी-अपनी जगह बनाए खड़े थे।

इन्हीं परिस्थितियों के बीच कहानी में उस आंदोलन का आरंभ होता है जिसकी पहचान नई कहानी के रूप में बनी। इस आंदोलन का केंद्रीय सरोकार था प्रामाणिकता की तलाश। जिन रचनाओं में ऐतिहासिक-सामाजिक परिदृश्य और चेतना थी उनमें व्यक्तिगत प्रामाणिकता नदारद थी और जहाँ व्यक्तिगत प्रामाणिकता थी वहाँ ऐतिहासिक-सामाजिक सचेतनता की चिंताजनक अनुपस्थिति थी। ऐसी परिस्थिति में नई कहानी ने व्यक्ति और समाज की पारस्परिकता को अपनी रचनाओं का आधार बनाया। इन कथाकारों ने व्यक्ति को सामाजिक यथार्थ के बीच रखकर देखा। इन्होंने अपने-अपने ढंग से परिवेश के माध्यम से व्यक्ति और व्यक्ति के माध्यम से परिवेश को पाने और व्यक्त करने की कोशिश की। ग्रहण और अभिव्यक्त करने का सबका अपना-अपना अंदाज़ और प्रक्रिया थी। इनका परिवेश भी बहुत विस्तृत और विविधतापूर्ण था। इसीलिए इस एक 'अभिधा' के अंतर्गत शामिल किए जाने वाले कथाकारों की एक पूरी पीढ़ी अपनी-अपनी निजता और अलगपन के कारण हैरत में डाल देने वाली है। फणीश्वरनाथ रेणु की आंचलिकता, मार्कण्डेय, शिवप्रसाद सिंह आदि की ग्राम-कथाएँ, कमलेश्वर, मोहन राकेश, राजेंद्र यादव, कृष्णा सोबती, मन्नू भंडारी, अमरकांत, उषा प्रियंवदा, कृष्णबलदेव वैद, भीष्म साहनी, दूधनाथ सिंह, शेखर जोशी, ज्ञानरंजन आदि की नगर-संकुलताओं से जूझती कथाएँ और इन्हीं के बीच निर्मल वर्मा, और विजय चौहान की विदेशों की जीवन-शैली से प्रेरित रचनाएँ। हरिशंकर परसाई और शरद जोशी जैसे व्यंग कथाकार और

आदिवासियों और पहाड़ी जीवन का चित्रण करने वाले शानी, शिवानी और मनोहरश्याम जोशी जैसे रचनाकार।

कुल मिलाकर 'नई कहानी' आधुनिक या समकालीन जीवन को "जीने, उसे विभिन्न स्तरों पर समझने, उसके अर्थ तलाश करने, सार्थकता-निरर्थकता खोजने की कहानी है।" कथ्य और शिल्य दोनों दृष्टियों से यह कहानी किसी पूर्वनियोजित विन्यास में बँधी नहीं है। यही कारण है कि इसमें जीवन, उसके आपसी संबंधों, शिल्प, भाषा, हर दृष्टि से अनेक रूपों और छायाओं को वाणी मिली है।

नई कहानी की सबसे बड़ी विशेषता यह है कि उसमें व्यक्तिगत और अनुभूत सत्य की प्रामाणिकता को बरकरार रखते हुए, सामाजिक परिवेश और समय के वृहत्तर सत्य को भी व्यंजित करने का प्रयास किया गया। परिवेश में परिवर्तन के साथ व्यक्ति के संबंधों में जो संक्रमणता आती है उससे न संगति बैठाना आसान होता है और न उसे उसकी समग्रता में समझ पाना। परिणामतः जो भीतरी बेचैनी, संघर्ष और द्वंद्व पैदा होता है, उसे व्यक्त करने के लिए परंपरासिद्ध साँचे और विन्यास असंगत और नाकाफी मालूम होने लगते हैं। उधर परंपरा और संस्कार एक झटके से अलग नहीं होते। नयों पर उनकी छाया धीरे-धीरे सिमटती है। उसी अनुपात में रचना में प्रयोगशीलता और नएपन का समावेश होता है।

पहले से सिद्ध किसी दर्शन-सूत्र या आइडिया के अनुसार स्थितियों और पात्रों की कल्पना करके उनपर उस मूल विचार को आरोपित कर उसे कहानी का विन्यास देना, एक प्रकार की रचना-प्रक्रिया है। ऐसी स्थिति में घटनाएँ और स्थितियाँ स्वानुभूत न होने के कारण न प्रामाणिक होती हैं न विश्वसनीय। वे किसी पूर्व निर्धारित विचार के प्रतिफलन का माध्यम भर होती हैं। नए कहानीकारों ने इस पद्धति का विरोध किया। उन्होंने विचार के अनुसार अनुभव और घटनाएँ तलाश करने के बजाय, स्वानुभूति की प्रामाणिकता से गुज़रकर यथावश्यक विचार, दृष्टि या दार्शनिक निष्कर्ष को उपलब्ध किया। उनमें आने वाली स्थितियाँ, घटनाएँ और पात्र अनिवार्यतः उनके जिए हुए परिवेश का अंग थे जिसमें किसी प्रकार का भविष्योन्मुख आशावाद भी नहीं था।

नई कहानी का व्यक्ति अपने और अपने परिवेश दोनों के प्रति सजग है, वह अपने अनुभवों को परिवेश के संदर्भों से जोड़ने की दिशा में बराबर सक्रिय है। इसे नए कहानीकारों ने 'वैयक्तिक सामाजिकता' या 'सामाजिक वैयक्तिकता' का उदय कहा है। वह परिवेश को अपनी अनुभूतियों से जीता है और उसे दूसरे की दृष्टि की निरपेक्षता से देखता है। पर इस देखने में सही-गलत, शुभ-अशुभ, नैतिक-अनैतिक जैसी कोई पूर्वनियत मान्यता उसकी अनुभूति को नहीं ढालती, न ही उसे मूल्याधारित निर्णय लेने के लिए बाध्य करती है। व्यर्थता-बोध के साथ पुराने संस्कारों से मुक्त होने की पीड़ा, और सतत परिवर्तनोन्मुख वर्तमान में अनेक रूपों में भ्रम-भंग का सामना करते रहने की अनिवार्यता ने उसकी आस्था को उठा दिया। जो जैसा है, यथार्थ को ठीक उसी रूप में ईमानदारी से स्वीकार कर, बाकी सब कुछ को अस्वीकार करने के आग्रह ने उसे परिवेश और संबंधों को जीने की नई मानसिकता थी।

बदलती स्थितियों के नए परिप्रेक्ष्य ने पुराने रिश्तों की प्रकृति बदल दी थी। नाम वही थे पर उनके भीतरी अर्थ बदल गए थे। शब्द और अर्थ के बीच जो असंगति आ गई थी, स्थितियों और उनकी वाचक भाषा के बीच जो फाँक पैदा हो गई थी उसे समझना और व्यक्त करना, नई कहानी के सामने बड़ी चुनौती थी। रिश्तों की सपाटता खत्म हो गई थी। उनके परंपरागत, परिचित रूपों के बीच से न जाने कितने नए पहलू उभर रहे थे। संबंधों के तंतु टूट रहे थे, बन-बिगड़ रहे थे। इस बदलाव को सही ढंग से पकड़ने समझने और व्यक्त करने की ज़िम्मेदारी नए कहानीकारों ने उठायी। विडंबना यह थी कि रचनाकारों की यह पीढ़ी खुद पुराने संस्कारों में पली थी। न उनको यथावत् स्वीकार किए रहना संभव था और न अस्वीकार करना आसान था। स्वीकृति की निरर्थकता और अस्वीकृति की पीड़ा, दोनों का अनुभव यातनाप्रद था। इससे उत्पन्न तनाव सबसे अधिक स्त्री-पुरुष के आपसी संबंधों और परंपरागत पारिवारिक ढाँचे के टूटने से पैदा होने वाली स्थितियों में प्रकट हुआ।

परिवेशगत परिस्थितियों के बदलने से सामाजिक संस्थाओं की संरचनाएँ बदलती हैं। मगर नई स्थितियों में अभिकर्ता पात्रों की आदतें,

उनके संस्कार और मानसिकताएँ बदलते सामाजिक परिदृश्य और परिप्रेक्ष्य के साथ अपने-आप सहज रूप से बदल जाते हों, ऐसा नहीं है। बदले हुए के बदलने की प्रक्रिया को सही समझने और स्वीकार करने की प्रक्रिया नए और पुराने दोनों के लिए बड़ी कठिन और यातनाप्रद होती है। नए कहानीकारों ने अक्सर यातना के इन बिंदुओं को पकड़ने की कोशिश की है। उनका फोकस उन स्थितियों पर होता है जहाँ संबंध टूट या छूट रहे हैं या उनकी प्रकृति में बदलाव आ रहा है। जहाँ उसके पात्र पुराने को अस्वीकार करने की यातना से गुज़र रहे हैं, या नए बनते हुए रूपों में अपने को एडजस्ट करने की कोशिश कर रहे हैं। ऐसी स्थितियों को भावोद्वेलन या भावुकता से नहीं, गहरी संवेदनशीलता से ही पकड़ा जा सकता है।

नई कहानी की सही समझ के लिए यह ध्यान में रखना ज़रूरी है कि इनमें से अधिकांश कहानीकार मध्य वर्ग के वे लोग हैं जो गाँव-कस्बों से निकलकर रोज़ी-रोटी के लिए छोटे-बड़े शहरों में आ बसे हैं। इनके लिए यह यातना दोहरी है—जड़ से उखड़ने की यातना, और नई स्थिति को स्वीकार करने की विवशता, क्योंकि लौट जाने का विकल्प उसने स्वेच्छा से छोड़ दिया। इस स्थिति का सामना करने का कोई बना बनाया और आजमाया हुआ रास्ता भी उसके पास नहीं है। अगर है तो वह उसे स्वीकार्य नहीं है। अपने परिवर्तनशील परिवेश को, संक्रमण की प्रक्रिया को, ये सब अपने-अपने स्तर पर, अपने-अपने ढंग से भोगने और समझने के लिए अभिशप्त हैं। यही अभिशाप इनकी रचनाओं में विविधता और विकासशीलता का वरदान बनकर प्रतिफलित हुआ है। इन सबकी अपनी-अपनी पहचान है। संक्रमण की इस प्रक्रिया को जीने के अलग-अलग कोण, अलग-अलग धरातल और व्यक्त करने के अपने तरीके इनकी रचनाओं में दिखाई पड़ते हैं। खास बात है अनुभूति और अभिव्यक्ति की प्रामाणिकता का आग्रह और दावा। यह बात अलग है कि इस 'प्रामाणिकता' की परख का कोई वस्तुनिष्ठ या व्यापक रूप से स्वीकृत पैमाना नहीं है, सिवाय पाठकीय प्रतिक्रिया, सह-अनुभूति और संवेदनशीलता के। सवाल यह भी अपनी जगह है ही कि अपने अनुभवों से, खुद अपने से निरपेक्ष होना आखिर कहाँ तक हो पाता है ? साथ ही यह भी कि व्यक्तिगत अनुभूतियों को नियमित

निर्धारित करने वाली बाहरी प्रामाणिकताओं से भीतरी अनुभूतियों का कैसा रिश्ता बनता है। क्योंकि नितांत निजी वैयक्तिकताओं से किसी हद तक निरपेक्ष या उनके प्रति सहज होना ही बहुत दूर तक पाठक की साझेदारी को तय करके उसे सहभोक्ता होने के लिए आमंत्रित करना है।

नए कहानीकारों की जिस पीढ़ी ने इस रचनात्मक परिदृश्य का निर्माण किया उनके बीच काफ़ी संख्या में महिला कथाकारों ने भी भागीदारी की। जिस तरह पुरुषों में मोहन राकेश, कमलेश्वर और राजेंद्र यादव के नाम काफ़ी समय तक उभर कर सुर्खियों में रहे, उसी तरह महिला कथाकारों में कृष्णा सोबती, मन्नू भंडारी और उषा प्रियंवदा ने विशेष रूप से अपनी छाप छोड़ी। तीनों ने ही शुरुआत मानवीय संबंधों पर केंद्रित कहानियों से की। सामाजिक स्थितियों में आने वाले बदलाव ने परिवार और समाज में स्त्री की परंपरागत भूमिका को नए सिरे परिभाषित करने की बाध्यता पैदा कर दी थी। पारिवारिक ढाँचे में पुरुष सत्ता का वर्चस्व संदेह के घेरे में आने लगा था। उसका महत्त्व पुरुष होने मात्र से नहीं, ज़िम्मेदारियों—(विशेषकर आर्थिक) को वहन करने की क्षमताओं से निर्धारित होने लगा था। पात्रों के प्रति परिवार के सदस्यों के रुख-रवैये, उनकी मानसिकता में बदलाव आया। रिश्ते वही नहीं रह गए। वे भावुकता से नहीं उपयोगिता और व्यावहारिकता के तर्कों से निर्धारित होने लगे। परिवार के सदस्यों के बीच व्यापक रूप से, और स्त्री-पुरुष संबंधों के केंद्रित रूप से इन स्थितियों से उत्पन्न असमंजस, कुंठा, अस्वीकार, तर्कातीत व्यवहार, के साथ नई स्थितियों से संगति बैठाने की लाचार कोशिशें सामने आने लगीं। लिहाज़ा नई कहानी का रूप भी इकहरा या कटा-छँटा नहीं रह गया।

समय के साथ कृष्णा सोबती और मन्नू भंडारी ने पारिवारिक स्थितियों और स्त्री पुरुष संबंधों से आगे बढ़कर अपने कथा-फलक का विस्तार किया। कृष्णा सोबती ने देश-काल दोनों में (जिंदगीनामा, दिलो, दानिश) और मन्नू भंडारी ने देश के समकालीन सामाजिक-राजनीतिक परिदृश्य में (महाभोज)। उषा प्रियंवदा का कथा-साहित्य इनसे भिन्न, एक अत्यंत संवेदनशील स्त्री पात्र की जिंदगी की सघनताओं के चारों ओर केंद्रित रहता है। इस स्त्री की दुनिया भारत में बसी कामकाजी नारी की दुनिया हो सकती है या

उसके सामने प्रवासी होने के नाते कुछ अलग किस्म की स्थितियाँ पैदा हो सकती हैं। भारतीय परिवेश में यह नारी अपनी आधुनिक मानसिकता के कारण विसंगतियों का सामना करती है और विदेशी परिवेश में भारतीय संस्कारों के कारण। उषा प्रियंवदा को निर्मल वर्मा और विजय चौहान जैसे रचनाकारों की तरह कहानी में अंतर्राष्ट्रीय रंग देने का श्रेय दिया जाता है। जबकि वास्तविकता यह है कि उषा की कहानियाँ अपने विदेशी संदर्भ से ज़्यादा नारी-मन की अछूती, अबूझ, अनपहचानी गहराइयों में, प्रवेश कर उसके अंतर्मन की सूक्ष्म संवेदनाओं को परत-दर-परत खोलने का प्रयास करने के कारण प्रभावी होती हैं। सदी के सातवें दशक के आरंभ से लगातार अमेरिका में रहने के कारण, विदेशी माहौल में भारतीय प्रवासियों की समस्याओं और मानसिकता से उनका परिचय सहज और स्वाभाविक है। वह उनकी कहानियों का परिवेश है, उनका संदर्भ है। पर भारतीय परिवेश और सांस्कृतिक माहौल में रहते हुए जब उन्होंने कहानियाँ लिखनी शुरू की थीं तब भी उनका मुख्य सरोकार मानवीय संबंध—विशेषकर स्त्री-पुरुष संबंध रहा।

'जिंदगी और गुलाब के फूल' उषा की आरंभिक कहानियों में से है। कहानी की समस्या एकरेखीय नहीं है। व्यावहारिक स्तर पर यह एक औसत मध्यवर्गीय परिवार के परिस्थितियों में बदलाव के साथ आपसी संबंधों में आने वाली दरार की कहानी है। पर आपसी व्यवहार में जो ठंडापन, उदासीनता या बदलाव आ गया है उसका मुख्य कारण है घर के कमाऊ बेटे की बेकारी। आर्थिक तंगी तो अपनी जगह है ही पर अगर बेटा बेकार और बेटी कमाऊ हो तो वर्चस्व और महत्त्व के केंद्र बदल जाते हैं, दिनचर्याओं में परिवर्तन हो जाते हैं और इस सबका प्रभाव पात्रों की मानसिकता पर पड़ता है।

पहले घर के काम सुबोध की दिनचर्या के हिसाब से होते थे क्योंकि तब सुबोध बेकार नहीं था और वृंदा नौकरी नहीं करती थी। अब बहन के कामकाजी और भाई के बेकार होने से भूमिकाएँ जैसे उलट गई हैं। बदलाव बहन के ही नहीं माँ तक के व्यवहार में अनायास आ गया है। असली समस्या यह है कि "उसका पुरुष-हृदय घर में वृंदा की सत्ता स्वीकार

न कर पाता था।" गोकि जो बातें उसे पहले अटपटी लगती थीं, धीरे-धीरे वह उनका अभ्यस्त हो चला था। बात अपने घर के सदस्यों तक ही सीमित नहीं थी। उसकी मंगेतर शोभा के पिता ने भी प्रतीक्षा करके बेटी की सगाई कहीं और कर दी। इससे भी बड़ी पराजय सुबोध की यह थी कि वह "अपनी छोटी बहन की शादी नहीं कर पाया था।"

वह छोटी बहन जो कभी उसके आगे-पीछे घूमा करती थी, उसके सारे काम दौड़-दौड़ कर करती थी, अब उसपर हुक्म चलाती है। एक संताप है छोटी बहन के सामने छोटा होते चले जाने का, और दूसरा शोभा के साथ संबंध टूट जाने का। स्थिति साफ़ है उसकी शादी हो गई होती अगर पहली नौकरी न छूटी होती या फिर उसे दूसरी नौकरी मिल गई होती। यह एहसास उसे कड़वाहट से भर देता है कि "प्यार से बड़ी एक और आग होती है, भूख की। वह आग धीरे-धीरे सब कुछ लील लेती है।" वह आत्मविश्लेषण करता है 'जिंदगी' ने ही मुझे बिटर बना दिया है। उसकी सारी समस्याओं की जड़ बेकारी है : "आज मैं बेकार हूँ, तो मुझसे नौकरों-सा बर्ताव किया जाता है। लानत है ऐसी जिंदगी पर !" लानत भेजने के बावजूद इस ज़िंदगी से निकासी का कोई रास्ता नहीं है। कहानी में एक के बाद एक ऐसे कई प्रसंग आते हैं जिनके कारण वह अपने को उपेक्षित, अपमानित महसूस करता है। उसका आत्माभिमान उसे अपने प्रति धिक्कार की भावना से भर देता है। पर न उसका वश औरों पर है न स्थितियों पर। इसलिए वह यही लानत भरी ज़िंदगी जीने के लिए अभिशप्त है। परिस्थितियों से उसका विद्रोह, उनका अस्वीकार उसे पलायन के लिए प्रेरित करता है, पर अस्थायी रूप से, फिर फिर वहीं लौट आने के लिए। इस सामाजिक समस्या का कोई निदान न तब था न अब है इसलिए इस कहानी का भी न कोई कल्पित समाधान है न निश्चित अंत। यह अंतहीन कहानी बेकारी की सामाजिक समस्या से उत्पन्न पारिवारिक विघटन की स्थिति का बयान है।

बेकार युवक हो या रिटायर्ड वृद्ध, परिवार के बीच उसकी भूमिका केवल स्नेह और ममता के नहीं, उपयोगिता के आधार पर निश्चित होती है। संयुक्त परिवारों के बीच वृद्धों के फालतू होते जाने की समस्या पर

कहानीकारों की नज़र बराबर जाती रही है। 'बूढ़ी काकी' जैसी कहानियों की तरह नया कहानीकार ऐसे पात्रों की दयनीयता के चित्रण से पाठकों को करुणा-विगलित नहीं करता, वह आधुनिक भारत के संयुक्त-परिवारों की खुशहाली और पारस्परिक स्नेह-सौहार्दपूर्ण अवस्थिति के भरम को तोड़कर वास्तविकता को उजागर करता है। परिवारों के बीच वृद्धों की सम्माननीयता के मिथ को तोड़ता है। भीष्म साहनी की 'चीफ़ की दावत' और उषा प्रियंवदा की बहुचर्चित कहानी 'वापसी' इसी थीम पर लिखी गई अत्यंत सफल कहानियाँ हैं।

'वापसी' के नायक रेलवे में पैतीस साल की नौकरी के बाद रिटायर होकर घर लौटने वाले गजाधर बाबू हैं। इन वर्षों में उन्होंने अधिकांश समय जैसे इसी समय की कल्पना और प्रतीक्षा करते हुए काटा था। स्वभाव से स्नेही गजाधर बाबू ने जिस भरे-पूरे परिवार के हित में नौकरी के दिन अकेले रहकर गुज़ार दिए थे उसी के बीच लौट जाने की संभावना ने उन्हें कितने उत्साह और उल्लास से भर दिया होगा। इसका सहज अनुमान किया जा सकता है। पर लौटने पर उन्होंने पाया कि उस छोटे घर में "ऐसी व्यवस्था हो चुकी थी कि गजाधर बाबू के रहने के लिए कोई स्थान न बचा था।" उनके लिए मेहमानों का सा अस्थायी प्रबंध कर दिया गया था। बात उनकी ही नहीं थी। पत्नी के पास भी कहने भर के लिए जो अलग कमरा था उसमें भी पत्नी का कम, घर-गृहस्थी का सामान ज़्यादा भरा था।

आर्थिक दृष्टि से यह मध्य वर्ग का औसत हैसियत वाला परिवार है, जिसकी एक समस्या पैसे की तंगी भी है। पूरी कहानी में ऐसे परिवार के बीच खटते, चिंता करते वृद्ध दंपति, अपनी-अपनी जिंदगियों को अपने ढंग से जीते परिवार के बाकी सदस्य, बहू-बेटे, बेटी उनके आपसी व्यवहार, तुनकमिजाजी, कुल मिलाकर एक ऐसा माहौल, जिसके बीच बेटे अमर का अलग रहने का निर्णय और गजाधर बाबू को फालतू सामान की तरह जहाँ-तहाँ विस्थापित-स्थापित करने की प्रक्रिया। यह वस्तु-विन्यास गजाधर बाबू के इस एहसास की पृष्ठभूमि प्रस्तुत करता है : "उन्हें लगा कि वह ज़िंदगी द्वारा ठगे गए हैं। उन्होंने जो कुछ चाहा, उसमें से उन्हें एक बूँद भी न मिली।"

उनका यह निश्चय कि वे घर की किसी बात में दखल न देंगे, हृदय के अनुरोध या विवेक से नहीं, हताशा और विवशता से लिया गया निर्णय है। वे यह निर्णय लेते ही नहीं अपने व्यवहार से। परिवार के सदस्यों को जतलाते भी हैं पर उनके इस असहयोग को और लोग तो अनदेखा करते ही हैं, "उन्हें सबसे बड़ा गम यह था कि उनकी पत्नी ने भी उनमें कुछ परिवर्तन लक्ष्य नहीं किया।" नहीं किया या शायद करना नहीं चाहा। समस्या यहाँ भी उनके अहं के आहत होने की है। वह जो अपने को गृहस्वामी समझने के भ्रम में हैं, अनुभव करता है कि "वह पत्नी और बच्चों के लिए केवल धनोपार्जन का निमित्त मात्र हैं।" उसकी पत्नी "उसके सामने—दो वक्त भोजन की थाली रख देने से सारे कर्तव्यों से छुट्टी पा जाती है।" गजाधर बाबू किसी अबूझ प्रक्रिया से क्रमशः इस पूरे परिवार के केंद्र से विकेंद्रित होने की यातना से गुज़रते हैं। किसी बात में हस्तक्षेप न करने के निर्णय के बावजूद उस घर के पूरे वातावरण में उन्हें अपनी उपस्थिति असंगत लगती है।

इस थीम पर प्रायः लिखी गई दूसरी कहानियों से इस कहानी की विशिष्टता इस बात में है कि वृद्ध दंपति में से अपने परिवार में किसी एक के विसंगत होते जाने में, अपनों के बीच उसे फालतू और अजनबी बनाने में, अपने ही जीवन साथी की भूमिका लगभग उतनी ही है जितनी उसकी संतान की। यह औसत मध्यवर्गीय भारतीय परिवार की कड़वी सच्चाई है। स्त्री घर-परिवार के दैनंदिन के कामकाज का बोझ उठाने की अपनी उपयोगिता के कारण जिस हद तक स्वीकार्य हो जाती है, उस सीमा तक पुरुष नहीं हो पाता।

गजाधर बाबू के लिए खुद अपनी ही पत्नी का प्रतिपक्ष के साथ खड़े पाना सहन नहीं हो पाता और वे पलायन का मार्ग ढूँढ़ लेते हैं। उनके भीतर आशा की अंतिम किरण (बुझी हुई आग में एक चिंगारी की तरह) चमकती है। पर साथ चलने के उनके प्रस्ताव पर पत्नी का उत्तर कि : "मैं चलूँगी तो यहाँ का क्या होगा ? इतनी बड़ी गृहस्थी, फिर सयानी लड़की... ।" अप्रत्याशित भले ही न हो, आहत तो करता ही है। यही कहानी का चरम भी है यानी उनकी पत्नी का यह भरम कि इतनी बड़ी गृहस्थी

उसी के सहारे चल रही है। वह इस बात से बेखबर है कि भविष्य में गृहस्थी का भार न उठा सकने की स्थिति में क्या होगा ? और यह सवाल भी तो है ही कि अंततः गजाधर बाबू का क्या होगा ? कहानी का अंतिम वाक्य बड़े व्यंजक किंतु मार्मिक ढंग से इस प्रश्न का तात्कालिक उत्तर देता है : "अरे नरेन्द्र बाबू जी की चारपाई कमरे से निकाल दे। उसमें चलने तक की जगह नहीं है।" कहना न होगा कि यह चारपाई नहीं खुद बाबू जी का ही निकाले जाना है।

संकलन की बाकी तीन कहानियों में, कथानक का दायरा सीमित है। 'कितना बड़ा झूठ' और 'मोहबंध' स्त्री-पुरुष संबंधों पर केंद्रित हैं और 'छुट्टी का दिन', एक ऐसे अविवाहित नौकरीपेशा महिला पात्र पर जिसने नौकरी की खातिर परिवार से अलग एकाकी जीवन जीने की मजबूरी का वरण किया है। ऐसी कहानियों में प्रायः एक स्थिति, एक घटना या एक प्रसंग को केंद्र बनाकर इने-गिने पात्रों के सहारे उसके चारों ओर कहानी बुनी जाती है। उस स्थिति विशेष का सामना करते पात्रों की मानसिक प्रतिक्रियाएँ या दूसरे ब्यौरे संक्रमणशील समाज की झलकियाँ प्रस्तुत करते हैं—प्रायः बिना मूल्यधर्मी टिप्पणियों या निष्कर्षों के। 'नया' कहानीकार किसी एक स्थिति को अत्यंत संवेदनशीलता के साथ पाठक के सामने प्रस्तुत भर कर देता है। ज़ाहिर है, यह प्रस्तुति उसके अपने नुक्तेनज़र के आधार पर होती है इसलिए वह स्थिति से पूर्णतः निरपेक्ष या तटस्थ तो नहीं होता, पर भरसक अपने दृष्टिकोण या निर्णयों को कथानक पर आरोपित भी नहीं करता। दरअसल आदि मध्य अंत की कारण-कार्य व्यवस्था में बँधा कथानक इन कहानियों में होता ही नहीं। कुछ पात्र कुछ स्थितियाँ और उनकी पारस्परिकता से परिचय कराकर, पाठक को अपना निष्कर्ष निकालने के लिए मुक्त छोड़ दिया जाता है। 'छुट्टी के दिन' कहानी की माया के दैनिक जीवन के बीच 'छुट्टी का दिन' पहाड़-सा होता था। भाई-बहनों के बीच रहते हुए वह समझ भी न पाती थी कि इतवार कब आया और कैसे पंख लगाकर उड़ गया। सप्ताह में छुट्टी का एक दिन बिताना माया के लिए इतना उबाऊ होता है, कि उसे खुद अपने लिए जैसे अनजान, अजनबी बना देता है। रोज़मर्रा की सहज क्रियाएँ विलंबित लय के साथ चलने लगती

हैं। अकेलेपन से बचने की चाह में वह अकेली सिनेमा देखने पहुँच जाती हैं, गोकि 'उसे नितांत अकेले बैठकर सिनेमा देखने की आदत नहीं हुई थी ?'

सिनेमा में भारद्वाज दम्पति का व्यवहार, उसके बाद रिश्ते के भाई के घर में भाभी से मिलने वाली उपेक्षा के अनुभव से गुज़रकर उसे ''अपनी जिंदगी के पैटर्न पर उसके खोखलेपन और सारहीनता पर'' रोना आ गया उसके मन में सवाल उठा कि ''किसलिए वह घर-बार छोड़कर इतनी दूर आकर पड़ी थी, किसलिए वह सुबह से शाम तक कॉलेज में मगज़पच्ची करती थी।'' यह आर्थिक आत्मनिर्भरता और अपने जीवन के बारे में स्वयं निर्णय लेने की स्वतंत्रता के बदले पाया था माया ने। जबकि पारंपरिक परिवार में बँधी भाभी उसकी इसी स्वतंत्रता को हसरत भरी नजरों से देखती है। संयुक्त परिवार के पारिवारिक ढाँचे में स्त्री की परंपरागत भूमिका को अस्वीकार कर, आधुनिक नारी की स्वेच्छया चुनी हुई जीवन-शैली उसकी समस्याओं का निर्णायक और अंतिम हल है, या नहीं कहानी यह सवाल भर उठाती है। कोई उत्तर आरोपित करने का प्रयत्न नहीं करती।

'कितना बड़ा झूठ' और 'मोहबंध' में आधुनिक भारतीय समाज में वैवाहिक जीवन में विसंगत होते जाने की सचाई को दो अलग-अलग स्थितियों में रखकर देखा गया है। इन कहानियों की विशिष्टता इस बात में है कि इनमें विवाहित दंपतियों के बीच तथाकथित 'प्रेम' नहीं केवल संबंध हैं। संबंधों के बीच लगभग निरावेग ठंडापन है जिसके कारण 'विवाहित जीवन' संबंधों को ढोते रहने की प्रक्रिया से अधिक कुछ नहीं। यह पारस्परिक उदासीनता या निरपेक्षता बीच में किसी तीसरे के आ जाने से, यानी प्रेम का त्रिकोण बनने से पैदा नहीं होती, बल्कि एक ही छत के नीचे रहते हुए अपना जीवन अपने ढंग से जीने की स्वतंत्रता से पैदा होती है। संबंध वही हैं, उनकी प्रकृति बदल गई है। इन कहानियों में पति-पत्नी एक-दूसरे के लिए नहीं, अपनी जिंदगियाँ अपने लिए जीते हैं। विवाह जैसे उनके लिए समझौता है। यह बात अलग है कि इस बात को उजागर दो के अलावा किसी तीसरे पात्र की उपस्थिति के हवाले से ही किया गया है।

'कितना बड़ा झूठ' की किरण छुट्टी के बाद घर लौटती है। ज़ाहिर

है वह आधुनिक नौकरीपेशा स्त्री है। घर लौटने के लिए उसके मन में जो उत्साह और उत्कंठा है उसका कारण न पति है न बच्चे और नहीं घर। वह पति और बच्चों की अनुपस्थिति के हिसाब से सब प्लान करके आई थी। वह जाते ही 'मैक्स' को फोन करेगी। फोन करने पर अपनी अनुपस्थिति में मैक्स के विवाह कर लेने की सूचना के बाद उसे जो अनुभूति होती है वह उसकी ठीक-ठीक व्याख्या भी नहीं कर पाती। खास बात यह है कि अनुभूति ऐसी स्थिति में पड़ी ठेठ हिंदुस्तानी औरत की है जो "रोने के अलावा कर ही क्या सकती है। वह न तो जाकर वारिया के बाल ही जड़ से उखाड़ सकती है, न मैक्स की लात-जूतों या गाली-गलौज से खबर ले सकती है।" उसकी प्रतिक्रिया से कहीं ऐसा बोध भी नहीं होता कि मैक्स के साथ उसका संबंध गहरी रागात्मकता का संबंध है। उसे जो पहली अनुभूति होती है, वह केवल निराशा की है। यह निराशा प्रेम से नहीं "मैक्स के स्पर्श से वंचित रह जाने की है। मैक्स उसकी दैहिक आवश्यकता है। उस तक पहुँचने की प्रतीक्षा में "तीन-चार दिन से देह जैसे तप रही थी।" विवाहेतर संबंधों का सहज देहधर्मी स्वीकार समाज की बदलती नैतिकता की तरफ़ इशारा करता है।

कहानी में ऐसा स्पष्ट कहा नहीं गया। बस दो जगह इस बात का संकेत है कि अपनी जिस असिस्टेंट से मैक्स ने शादी कर ली थी, वह अनिंद्य सुंदरी भले ही न हो, उम्र में उससे दसेक साल छोटी ज़रूर रही होगी। उससे मैक्स का शादी करना जैसे किरन के लिए अपने से दस साल छोटी, साधारण-सी लड़की के हाथों पराजित होना था।

मैक्स के साथ अपने संबंध की सच्चाई या झूठ को जान लेने के बाद परिवार के बीच किरन का जीवन बँधे-बँधाए रुटीन में हमेशा की तरह चल निकलता है। वास्तविकता से बेखबर बच्चों का उत्साह, निरुद्वेग उदासीन भाव से उनकी फरमायशों के प्रति समर्पण, वही रेस्तरां, बेमन से जाने की तैयारी, खाना-पीना, वापसी, सब कुछ जैसे फर्ज़-अदायगी के बोझ-तले, घटित होता जाता है। इस सबके बीच रह-रहकर किसी-न-किसी रूप में मैक्स की उपस्थिति बनी रहती है, कभी यादों में और कभी विश्व के साथ चर्चा के बीच।

कहानी का अंत पति-पत्नी के बीच संबंध को अनिश्चय की जमीन पर लाकर छोड़ देता है। विश्व का हाथ पकड़कर मंद स्वर में उसे बिस्तर पर चलने का आमंत्रण देती किरण इस संबंध के रूप में अपनी जिंदगी में बहुत बड़े झूठ की विवश स्वीकृति करती है और मैक्स के साथ अपने संबंध के इतने बड़े झूठ से पलायन का मार्ग ढूँढ़ती है—झूठ दोनों स्थितियों में है और उसे झेलने की मजबूरी भी।

'मोहबंध' दो हमउम्र सहपाठी नारी-पात्रों की कहानी है। एक ही परिवेश और समाज के नीलू और अचला नाम के दो नारी पात्रों की 'स्टडी इन कंट्रास्ट'। वे कहानी के आरंभ में एक-दूसरे के साथ अगल-बगल चलती हुई, अनायास एक-दूसरे के सामने प्रतिद्वंद्वी की तरह खड़ी हो जाती हैं। जानबूझकर नहीं, अपनी प्रकृति के कारण अचला को बराबर महसूस होता है कि नीलू से बाजी हारना जैसे उसकी नियति है। नीलू सुंदर है प्रकृति से चंचल और रूपगर्विता है। उसके जीवन में अनेक व्यक्ति आते हैं। उनमें से 'कुछ के लिए' वह 'थोड़ा बहुत अनुभव' करने के बाद राजन को पाकर महसूस करती है कि इस बार उसकी भावनाओं में जो है वह पहले से भिन्न बहुत व्यापक और गहरा है। विडंबना यह है कि यह जानते हुए भी कि वह खुद राजन की बाँहों में अछूती और बेदाग नहीं आयी है, राजन से उसका समूचा प्यार पाने की अपेक्षा करती है।

कॉलिज की जिंदगी पीछे छूट गई है। लंबे अंतराल के बाद अचला और नीलू एक बार फिर आमने-सामने हैं नीलू के घर में। राजन के आरंभिक प्यार के 'मोहबंध' से छूटी नीलू अपने स्वभाव के अनुरूप पूरी तरह 'सोशलाइट' है। वह महारानियों की तरह रहती है। समाज की दूसरी महिलाओं की आँखों की हसरत और ईर्ष्या का विषय बने रहने में ही उसने अपने जीवन की सार्थकता खोज ली है।

नीलू समाज के उस महिला-वर्ग की प्रतीक है। राजन को लगने लगा है कि उन्होंने नीलू को बहुत स्वतंत्रता दे रखी है। शुरू से ही जो उसने चाहा वह उसे देकर शायद उन्होंने उसे बिगाड़ दिया। पर अचला अपने अनुभव से जानती है कि नीलू उन व्यक्तियों में से है ही नहीं जिन्हें बाँधकर रखना संभव है। राजन के प्रश्न के उत्तर में उसका कहना है :

"नीलू को अगर आप बाँधकर रखेंगे तो वह नीलू नहीं रहेगी।"

नीलू उन आधुनिकाओं में से है जो अपनी जिंदगी को अपनी मर्ज़ी से, अपनी शर्तों पर पूरी स्वतंत्रता से जीने की कला जानती ही नहीं हैं, उस पर भरोसा भी करती हैं। उसके ऐसा करने का असर आसपास के लोगों पर क्या होगा, यह उसके सोच के भीतर आता ही नहीं। राजन के रोकने पर उसका दो टूक उत्तर है : "तुम समझने की कोशिश क्यों नहीं करते राजन ! मैं एक दायरे में बँधकर नहीं रह सकती।" अचला से मुखातिब होकर वह राजन की शिकायत करती है : "यह चाहते हैं कि मैं घर में रहूँ। कुत्ते पालूँ, बाग देखूँ और पर-चर्चा करूँ जैसे कि सब करते हैं। मुझसे नहीं होता। बेहद ऊब जाती हूँ।"

उसके व्यक्तित्व की समस्या ऊब नहीं, बल्कि शायद यह है कि वह वैसा सब नहीं करना चाहती जैसा कि और सब करते हैं। वह सबसे अलग, विशिष्ट, औरों के ध्यान और ईर्ष्या का केंद्र बनकर जीना चाहती है। यह आत्मनिष्ठता औरों की भावनाओं, अपेक्षाओं और अधिकारों के प्रति उसे निःस्पृह बना देती है। उसे न अचला से देवेन्द्र को छीन लेने में कोई संकोच होता है, न देवेन्द्र को त्याग देने में। राजन से विवाह करके किसी समय अपने को कृतार्थ मानने वाली नीलू राजन की अपेक्षाओं के प्रति क्रमशः निर्ममता की सीमा तक उदासीन हो जाती है।

नीलू से एकदम भिन्न अचला, समय के अंतराल के बाद जब एक बार फिर नीलू के जीवन में आती है तो 'उसका दिल बुझा हुआ' है उसमें 'न कामना, न ईर्ष्या, न दर्द।' जीवन के प्रति न कोई उत्साह है न उद्वेग। नीलू को देखकर उसके भीतर सिर्फ एक छटपटाहट है, इस बात की कि "किसी को इतना अनुराग, सुख और मान, किसी के भाग्य में कुछ नहीं, रूप जीत जाए, प्यार हार जाए।" यह पीड़ा भी उसमें किसी प्रकार की ईर्ष्या, आक्रोश या प्रतिशोध नहीं जगाती सिर्फ अतीत की यादों को ताज़ा कर देती है। जिस मनोभाव को परंपरागत अर्थ में 'प्यार' कहा जाता है, नीलू के लिए उसकी शायद कोई खास अहमियत नहीं है। उसके अहं की तुष्टि के लिए, उसके सौंदर्य की प्रशस्ति होती रहे, इतना काफ़ी है। वह केवल पाना चाहती है देना नहीं।

अचला का व्यक्तित्व उससे बिल्कुल भिन्न प्रेम के प्रति इतना समर्पित है कि एक बार देवेन्द्र का साथ छूटने पर वह जीवन भर अविवाहित रहने का फैसला कर लेती है। यह निर्णय ऊपर से जितना सहज और सपाट लगता है वस्तुतः उतना है नहीं। उसकी मानसिकता नीलू की तुलना में अपने को कम सुंदर समझने की हीन ग्रंथि और इस भय से मिलकर बनती है कि "मैं फिर आहत नहीं होना चाहती। मुझे डर लगता है।"

उसने भीतरी अवरोध की जो दीवार खड़ी कर ली है उससे राजन उसे उबारता है : "तुम्हारे साथ समस्या यह है कि तुम सोचती बहुत हो। सोचो मत और सीधे, बेझिझक नदी में कूद जाओ...जियो तो पूरी तरह जियो, हर क्षण जियो।"

अचला की पहली प्रतिक्रिया है : "पर मैं तो निर्जीव हूँ—पूरी तरह मृत।"

प्रत्युत्तर में राजन का उसकी ओर सीधी अविचल दृष्टि से देखना अंततः अचला के भीतरी अवरोध को डिगा देता है। उसकी प्रतिक्रिया में फिर भी निर्बाध उन्मुक्तता नहीं जैसे विचलन भर है : अचला के हाथ एक असहाय मुद्रा में उठकर गिरे और उसने बहुत विवशता-भरे ढंग से कहा, "हाँ, सच..." उसके भीतर जमी बर्फ को पिघलाने के लिए जिस अतिरिक्त प्रयत्न की ज़रूरत है उसे राजन पिकनिक का कार्यक्रम बनाकर पूरा करता है। उषा की कहानियों में स्त्री-पुरुष संबंधों में प्रेम का निकट, भावनात्मक, प्लटॉनिक रूप नहीं मिलता, उसमें दैहिक आवश्यकताओं को सहज रूप से स्वीकार किया गया है। ऐसे प्रसंगों को वे उनकी ऐंद्रिय मांसलता में नहीं सूक्ष्म-संवेदनों के सहारे उभारती हैं। अचला में पुरुष-शरीर की निकटता का एहसास किसी दैहिक-लीला से नहीं, राजन के कोट को तहा कर सिर के नीचे लगा लेने से पैदा होता है। "उसकी साँसों में बरसों बाद पुरुष-शरीर की अपनी विशिष्ट गंध भर गई, तंबाकू, पसीने और अनाम हल्की-सी सुगंध, सूखी धरती पर पानी की पहली बौछार-सी चिर-प्रिय, चिर नूतन।" यह एहसास उसे पुरुष-शरीर के दैहिक संपर्क की चाह से नहीं, अतीत की सुखद स्मृति से भर देता है जैसे किसी भूले गीत की कड़ी याद आ गई हो। उसकी कल्पना में देवेन्द्र आ खड़ा होता है—पर वह तो उसका

अर्धविस्मृत विगत अतीत है। जिसका अब कोई वास्तविक अस्तित्व नहीं। उसके वर्तमान में तो राजन है। सहज मानवीयता से उसके भीतर की निर्जीवता को सजग-सजीव करता हुआ। राजन और अचला के बीच जो घटित होता है उसे उषा ने बड़ी कोमल कलम से, बहुत कम शब्दों का उपयोग करके अपनी समग्रता में उकेर दिया है : "दोनों के मध्य सुखद मौन था, बिना कहे, बिना जाने, दोनों के संबंध में कुछ परिवर्तन आ गया था। न राजन नीलू का पति मात्र रहा था, न अचला नीलू की मित्र। नीलू को बीच से हटा, दोनों एक-दूसरे को पहचान रहे थे।"

परिभाषित संबंधों के घेरे के बाहर एक जमीन वह होती है जहाँ नारी और पुरुष, एक-दूसरे को संबंध-मुक्त निजता में पहचानने और पाते हैं। वहाँ वे केवल स्त्री और पुरुष होते हैं, एक-दूसरे की निजी विशेषताओं के प्रति समर्पित होते हुए। उस भूमि पर सारे दंश गिले-शिकवे से मुक्त होकर एक-दूसरे की पारस्परिकता में व्यक्ति की जो पहचान बनती है वही जैसे आत्मोपलब्धि का, चरम सुख का, मुक्ति का क्षण होता है। कहानी का अंत राजन और अचला के बीच इसी अनुभूति के क्षण के उतर आने में होता है। जहाँ दोनों को नीलू से भी कोई शिकायत नहीं रह जाती।

उषा की कहानियों के शिल्प की एक बहुत महत्त्वपूर्ण विशेषता यह है कि वे अपने पात्रों के चारों ओर जिस परिवेश की रचना करती हैं वह उनके पात्रों के समानांतर मुखर होता है। वह घटनाओं और पात्रों को आलोकित करता है। जो संवादों में अनकहा छोड़ दिया जाता है, वह इन परिवेशगत ब्यौरों में उभरता है। वर्षा की फुहारें, मौसम की ठंडक-गर्मी, कमरों के साज-सामान, फुदकती चिड़ियाँ, गिलहरियाँ, लान की घास, जहाँ-तहाँ धूप के टुकड़े, अलगनी पर लटके या सूखते कपड़े सब ऐसे वातावरण की सृष्टि करते हैं जो पात्रों की मानसिकता और उनके व्यवहार सबमें कुछ जोड़ता या उसे आलोकित करता चलता है। परिवेश उनकी कहानियों के बीच सजीव पात्र की तरह वर्तमान रहता है जो कथागत अनुभव को और संवेदनीय बनाता है। कहना न होगा कि इसमें उनकी अनुभवजन्य सहज भाषा की भी उल्लेखनीय भूमिका है।

छुट्टी का दिन

पड़ोस के फ्लैट में छोटे बच्चे के चीख-चीखकर रोने से माया की नींद टूट गई। उसने अलसी पलकें खोलकर घड़ी देखी, पौने छः बजे थे। फिर उसे याद आया, आज तो छुट्टी का दिन है। उसने पैर फैला लिए। पलकें आँखों पर ढलक आने दीं। वह रेशमी चादर का नरम चिकना स्पर्श गालों पर महसूस करती हुई पड़ी रही। नींद की मीठी खुमारी अब भी उस पर छाई थी। खुली हुई खिड़की से सवेरे की ठंडी हवा आ रही थी, पूरी तरह से जगी होने पर भी नींद को बहलाकर फिर बुलाना चाह रही थी। पर वह बच्चा था कि रोए ही जा रहा था। छोटा-सा कोमल गोरा-गोरा बच्चा ! गोल मुँह पर भवों की पतली-सी लकीरें, लंबे-लंबे रेशमी पलक। जब क्रोधित होकर रोता था तो गोल-गोल आँसू गालों पर आ फिसलते थे और सारा काजल अपने साथ बहा ले जाते थे।

छुट्टी का दिन माया के लिए पहाड़-सा होता था, सप्ताह-भर जो काम टालती आती थी कि उन्हें खत्म करके भी इतना समय बच जाता था कि खीझ उठती थी। और जब भाई-बहनों के साथ घर पर रहती थी तो समझ भी न पाती थी कि इतवार कब आया और कैसे पंख लगाकर

उड़ गया।

रोज़ की तरह आज भी चैती दरवाज़े पर धक्के देने लगी। तकिए में मुँह गड़ाकर माया ने अनसुनी करने की चेष्टा की पर लगातार धक्कों के साथ चैती ने ''बीबीजी'' की पुकार लगानी शुरू कर दी तो माया ने ठंडी साँस ली, चादर हटाकर आँखें मूँदे ही मूँदे, उसने टटोलकर पैर स्लीपरों में डाले और दरवाज़े की तरफ बढ़ी, अभ्यस्त उँगलियों ने चटखनी गिरा दी और सवेरे-सवेरे चैती का मुँह न दीख जाए, इसलिए वापस मुड़कर अपने बिस्तर पर आ गिरी। उसका मन चैती को भरपूर डाँट लगाने का हो रहा था, पर पलकों पर अभी भारीपन था। इसलिए वह चुप ही रही। चैती ने पहले नल खोलकर बर्तन उसके नीचे डाल दिए और खुरखुर करती हुई झाड़ू लगाने लगी।

तब माया उठकर बैठी। हाथ फैलाकर अँगड़ाई ली, फिर ज़ोर से कहा, ''सोने नहीं दिया न ? क्यों चैती ?''

धोती का पल्ला कमर में खोंसे झाड़ू हाथ में लिये पर्दा हटाकर चैती ने दर्शन दिए। कहा, ''सोती काहे नहीं ?'' और पर्दे के पीछे गायब हो गई।

माया उठकर खिड़की के पास आई। इधर-उधर के फ्लैट्स में हलचल हो रही थी। एक तरफ दूधवाला अपनी बाल्टी में मैला गंदा हाथ बार-बार डालकर दूध नाप रहा था। हर बार नाप का बर्तन बाल्टी से टकराता और फिर लोटे में दूध गिरने की आवाज़ के साथ दूध वाले का मोटा खरखराता कंठ कहता, चार—पाँच—छः।

माया ने गुसलखाने में जाकर बेसिन में नल खोल अपने हाथ उसके नीचे कर दिए। पानी की तेज़ और ठंडी धार हाथों पर पड़ती रहीं। चौके से चैती की खटपट सुनाई देती रही। माया ने गीत की एक कड़ी गुनगुनाने का प्रयत्न किया, पर आवाज़ बेसुरी हो गई। उसकी आँखें बेसिन के ऊपर लगे शीशे में अपना प्रतिबिंब देख रही थीं, सूना

मुँह, सूनी आँखें। एक क्षण को उसे लगा कि यह प्रतिबिंब किसी और का है। वह स्वयं कैसे इतनी थकी, इतनी टूटी-सी हो सकती है। शीशे के अंदर से वह अनजान-सी युवती, माया को, जैसे पहचानने की कोशिश कर रही हो, ऐसे देखती रही, जब तक कि माया ने भीगे, असहाय, विवश हाथों से अपने बाल छूते हुए दृष्टि हटा न ली। उजले, सफेद बेसिन के किनारे पानी की बूँदें फिसल रही थीं। माया की आँखें उस एक बूँद पर टिक गईं, जिसे सूरज की पहली किरन ने इंद्रधनुषी रंगों से सजा दिया था। बूँद हिली फिर चिकने बेसिन पर फिसलती हुई पानी की धारा में मिल गई।

माया ने रुकी हुई लंबी साँस बाहर आ जाने दी। फिर अपने पर जैसे काबू पा, दोनों हाथों से अँजुलियाँ भर-भर अपने मुँह पर ज़ोर से छींटे देने लगी। उसी तरह पानी भरती और मुँह पर उछाल देती, बिना कुछ सोचे, बिना कुछ सोचने का यत्न किए।

फिर उसने नल बंद कर दिया। तौलिया उठाई और उसके नरम-नरम रोयों में अपना मुँह छिपा लिया। कुछ देर बाद उसने हाथ बढ़ाकर तौलिया स्टैण्ड पर फेंक दी। तौलिया ज़मीन की ओर तेज़ी से गिरी, पर तभी खूँटी में उसका कोना फँस गया और वह झूलती रही, धीरे-धीरे बेबस-सी, पर माया ने उधर नहीं देखा, वह फिर पंजों पर ज़ोर दे शीशे में झाँकने लगी थी, एक अदम्य आशा लिए कि शायद इस बार वह झाँकने वाली युवती पहले से भिन्न हो और वह कुछ भिन्न थी भी, आँखें कुछ ज़रा-सी फैली थीं बरौनियों में, भौंहों में चिकना गीलापन था, उजले कोयों में बड़ी-सी तरल पुतलियाँ, ओठों में कोमलता, माया के देखते-देखते वह खिंचे और खुल गए। उस छोटी-सी मुस्कान ने सारे चेहरे पर एक कमनीय स्निग्धता ला दी। माथे को घेरे हुए जो बालों की लटें थीं, उनमें कुछ बूँदें उलझी थीं, माया ने गर्दन मोड़ी तो कनपटी के पास...एक बूँद में उसे रंग दिखाई दिए, ढेर सारे रंग, चमकते हुए,

झिलमिलाते हुए, तड़पते हुए, वहीं वह गिर न जाएँ इस डर से माया शीशे के आगे से हट आई। दरवाज़ा खोला और कमरे में आकर कुर्सी पर पैर उठाकर बैठ गई। हाथ गाल पर टिकाकर सोचा, और अब ?

चैती पास की मेज़ पर चाय पहले ही रख गई थी। रोज़ की तरह मोटे, पतले, बेढंगे, कहीं गीले, कहीं कड़े, टोस्ट थे, रोज़-रोज़ का सुनहरी धारी वाला नाज़ुक प्याला था, वही कढ़ी हुई कोज़ी थी, जिस पर एक चिड़िया पंख खोलकर उड़ने को तैयार थी। पर उड़ेगी नहीं, उड़ सकती भी कैसे थी ? उसे देखकर माया का मन एक निरर्थक आक्रोश से भर उठा था। उसका मन हुआ कि पैर से ठोकर मारकर मेज़ उलटा दे और सारे बर्तन खनखनाकर ज़मीन पर जा गिरें। चीनी के बर्तनों के टूटने की आवाज़ कितनी प्रिय होती है ! पर मन में उसके मूल्य का अंदाज़ा लगा और यह सोच कि बेकार में नए खरीदने पड़ेंगे, उसने अपने को रोक लिया और प्याले में चाय उँड़ेलने लगी।

गरम चाय को गले से उतार वह फिर खिड़की के पास जाकर खड़ी हो गई। नीचे सड़क थी, कहीं-कहीं तारकोल हट जाने के बड़े-बड़े धब्बे थे। कहीं गहरे गढ़े थे। अगर किसी ताँगे का पहिया उसमें फँस जाता तो चाबुक फटकारकर ताँगेवाला एक गाली दे उठता, अगर रिक्शे का पहिया होता तो रिक्शेवाला ज़ोर लगाकर निकलने की कोशिश करता और अगर तब भी न निकलता तो सवारियों को उतरना पड़ता। इस बाधा से उनके चेहरे रोष से लाल हो जाते और बाद में मैले अँगोछे से माथा पोंछता रिक्शावाला और सवारियाँ सड़क की ऐसी हालत पर दुख से सिर हिलाते नज़रों से दूर हो जातीं। सड़क के उस पार एक इमारत थी, बड़ी-सी, पुरानी-सी, जिसे मरम्मत की सख्त ज़रूरत थी, सड़क की तरफ मुँडेर थी, जिस पर एंटिगोनम की लता छाई हुई थी और पोर्टिको की धूमिल पीली दीवारों पर गहरे बैंगनी रंग में फूलती हुई घनी बेगमबेलिया थी। अपने वैभव में लचकती, झूमती, बल खाती। जब हवा

आती तो माया अपनी खिड़की से उनसे बैंगनी रंग के फूल टूट-टूटकर उड़ते हुए देख सकती थी। उन तीन पंखुड़ियों के फूलों में कितना रंग था, कितनी मृदुता, पर माया के दिल में वह एक घनी पीड़ा भर जाते थे। इस वक्त सूरज की किरणें बेगमबेलिया पर पड़कर उसके रंग को और चटकीला बना रही थीं। सुबह की हवा से कभी-कभी कोई फूल नीचे भटककर आ गिरता था।

माया उसमें डूबी हुई थी, रमी हुई थी, हाथ खिड़की पर टिके थे, आँखें सामने, उसने नहीं जाना कि कब चैती आई। जब पायदान के पास बैठकर उसने दो बार झाड़ू ज़मीन पर पटकी तो उसने आँखें हटाईं। वह कल्पना और स्वप्न थे, यह कमरा, ये दीवारें, यह बन्धन, जीवन और सत्य।

मालकिन का ध्यान अपनी ओर आकर्षित हुए देख चैती ने कहा, "खाएका का बनिहै ?"

इतवार का दिन है, छुट्टी का दिन, आज तो कुछ विशेष खाना बनाना चाहिए, चैती को स्वामिनी का खोयापन अच्छा नहीं लगा।

"न खाबे का शौक न पहिरे का !" सिर हिलाते हुए उसने जो झाड़ू पटकी तो लाख की एक चूड़ी चट से टूट गई। उसके टुकड़े बीनते हुए चैती ने कहा, "का बनाई ?"

"कुछ भी बना लो।" माया ने उदासीनता से कहा।

"खिचरी डाल देई ?" व्यंग से चैती ने पूछा।

"अयं खिचड़ी......वही बना दो।" माया ने कहा।

तब चैती ने कहा, "ऐ बिटिया। तोहार अस परानी हम नाहीं देखा, न कबो कछू खायें न बनवायें। हमहूँ आदमी हन। हमरो मन है, हम खीर-पूरी खाब, कहै देइत है। दूध हम लै लिया है।"

चैती ढीठ हो गई, पर माया ने कुछ नहीं कहा। हटकर चली आई और कपड़ों की अलमारी खोली, कुछ रेशमी कपड़े धोने के लिए

सप्ताह-भर से रक्खे थे, उन्हें बाहर किया, और जाकर गरम पानी में साबुन घोलकर डाल दिए, अनमनी होकर फिर आकर अपनी मेज़ पर बैठ गई। एक ओर कापियाँ रखी थीं। उन पर धूल की गहरी परत थी। माया ने लाल पेंसिल उठा ली, धूल झाड़कर एक कापी खोली, गलतियों पर गहरे लाल निशान लगा दिए, पर मन उसमें भी नहीं लगा। हाथ बढ़ाकर पास की छोटी मेज़ पर से अखबार उठा लिया, खोला।

अचानक ही वह कुर्सी खिसकाकर उठ खड़ी हुई, घड़ी पर नज़र डाली तो पाया कि बड़ी आसानी से दस बजे की फिल्म देखी जा सकती है। जाकर फिर अलमारी खोली। कुछ सोचकर एक साड़ी निकालकर पलंग पर रख दी और तैयार होने लगी। अभ्यस्त हाथों ने बाल ठीक किए। पाउडर लगाया। कुछ देर अपने को देखती रही और फिर लिपस्टिक उठाकर अपने ओंठ, खूब गहरे लाल कर लिए। कपड़े बदले और चैती से कहा, "मैं सिनेमा जा रही हूँ।"

चैती ने पूछा, "कब तक अइहों ?"

"यही बारह-साढ़े बारह तक," और पर्स उठाकर बाहर आ गई। खुली खिड़की से हवा आई और अखबार के पृष्ठ उड़कर फर्श पर जा गिरे, खुली कापी के पेज सरसराते रहे, मेज़पोश का कोना हिलता गया।

और हॉल में बैठी माया को लगा कि जिस अकेलेपन से बचना चाहकर वह सिनेमा चली आई थी, उससे निष्कृति कहाँ हुई ? अभी उसकी नितांत अकेले बैठकर सिनेमा देखने की आदत नहीं हुई थी, कुछ विचित्र और अटपटा-सा लग रहा था। इंटरवेल में उसने एक उड़ती-सी नज़र से इधर-उधर देखा तो पाया कि कॉलेज की संस्कृत टीचर मिसेज़ भारद्वाज भी कुछ दूर बैठी हैं, उन्होंने भी माया को देखा और हाथ हिलाकर पास बुलाया। माया को उनका साहचर्य विशेष प्रिय न था पर यह सोचकर कि एक से दो भले, उठकर उनके पास चली गई।

"अकेली ही हो ?" प्रश्न हुआ। मिसेज़ भारद्वाज की तीव्र दृष्टि

माया पर थी।

"जी।"

"आज तो तुम पहचानी नहीं जा रही हो," कुछ व्यंग्य से मिसेज़ भारद्वाज ने कहा।

उत्तर में माया ने मुस्करा-भर दिया।

तभी एक वयस्क-से सज्जन उसकी ओर देखते हुए पास आ गए। मिसेज़ भारद्वाज ने कहा, "यह मेरे पति हैं, मि. भारद्वाज। आप मिस सहगल...हमारे कॉलेज में हिंदी पढ़ाती हैं।" मि. भारद्वाज ने नमस्कार किया और पास वाली सीट पर बैठ गए। कुछ वार्तालाप करने का प्रयास करते हुए पूछ दिया, "अभी ही आई हैं आप ?"

कुंठित हो माया ने कहा, "जी।"

पत्नी की ओर उन्मुख होकर पूछा, "चाय वगैरा कुछ मँगवाऊँ ?"

"मँगवा लें। यह साड़ी बड़ी प्यारी है ! यहीं से ली है ?" मिसेज़ भारद्वाज ने पूछा।

"मदर ने भेजी है।"

"आपका घर यहाँ नहीं है ?" मि. भारद्वाज को जैसे कुछ बात करने का विषय मिला।

"जी नहीं," और फिर कहा, "लखनऊ में है।"

"वहाँ से आप यहाँ आईं ? इस छोटे शहर में ?"

माया की मुस्कान अनजान में ही विषादपूर्ण हो गई। कहा, "यहाँ आसानी से नौकरी मिल गई।"

"आपको कभी पहले नहीं देखा।"

पति को धीरे-धीरे खुलते देख मिसेज़ भारद्वाज ने कुछ चेतावनी के से स्वर में कहा, "यह नई आई हैं इसी साल।"

बेयरा के चाय ले आने से व्यवधान पड़ा। माया ने अभी एक घूँट ही चाय पी थी कि हॉल की रोशनी बुझ गई। उसके उठने का उपक्रम

करने पर मिसेज़ भारद्वाज ने बाँह पर हाथ रखकर रोकते हुए कहा, "यहीं बैठी रहो न !" माया फिर बैठ गई, पर उसका मन हो रहा था कि वह मिस्टर और मिसेज़ भारद्वाज के बीच की सीट से उठ इधर मिसेज़ भारद्वाज के पास बैठ जाए पर यों उठ जाना अभद्रता होती। मि. भारद्वाज शालीनता से बैठे रहे। कभी भूल से भी उनकी कोहनी या कंधा माया ने नहीं छुआ, पर कुछ हँसी की बात पर उनका ज़ोर से, खुलकर हँसना माया को खटक जाता था, आखिर ऐसा ठहाका कि हॉल गूँज जाए, लगाने की क्या ज़रूरत ? बीच में माया ने अपने को झिड़का भी, कि इस ज़रा-सी बात पर वह बेकार ही मन-ही-मन क्यों कुढ़ रही है।

फिल्म अधिक लंबी न थी। जब समाप्त हुई तो माया ने मानसिक यातना से छुटकारा पाया। शिष्टता के साथ, जितनी जल्दी उनसे छुट्टी ले सकती थी, लेकर माया अलग हुई, पर अभी उसका मन घर आने को न हुआ। सड़क के एक किनारे खड़े होकर कुछ देर सोचा कि और क्या किया जाए। ध्यान आया कि रिश्ते के एक भाई यहीं कहीं आसपास रहते हैं और माया के न आने का कई बार उलाहना दे चुके हैं। उनके घर आधा घंटा बिता आया जाए। पर्स में एक स्लिप पर उनका पता लिखा था, उसे ढूँढ़कर निकाला।

घर उनका आसानी से मिल गया। बाँसों को बाँधकर एक घेरा-सा बना दिया गया था। कुछ सूखे-सूखे टमाटर के पेड़ और कुछ गेंदे फूल रहे थे। माया ने दरवाज़े पर थपकी दी। कुछ देर में एक महिला अंदर से झाँकी, अंदाज़ से सोचकर कि यही भाभी होंगी, माया ने नमस्कार कर कहा, "चंदन भाई साहब हैं ? मैं माया हूँ।"

भाभी उत्तर में मुसकराई और दरवाज़ा खोलते हुए कहा, "आइए।"

कमरे में एक गंदी-सी निवाड़ का पलंग पड़ा था, पास ही चारपाई थी, जिस पर बिस्तर बिछा था। एक गीली-सी गद्दी भी थी और सिरहाने छोटे बच्चे के कुछ कपड़े।

"बैठिए।"

माया पलंग की पट्टी पर बैठ गई, भाभी की धोती मैली थी और उसमें से घी की तेज़ महक आ रही थी।

"आपने मुझे पहचाना न होगा। चंदन भाई साहब की चाची हैं न ...वह मेरी बुआ लगती हैं।"

संबंध जानकर भाभी ने कहा, "ओ बांदे वाली सासजी की आप भतीजी हैं ! इन्होंने ज़िक्र तो किया था।"

"कहाँ हैं भाई साहब ?" माया ने पूछा।

"आज इतवार है, घूमने चले गए हैं।" उत्तर मिला।

"कब तक लौटेंगे ?" फिर यह देख कि वह अभी खड़ी ही है, माया ने कहा, "आप भी तो बैठिए।"

"चूल्हे पर तरकारी चढ़ी है।" और उसका ध्यान आते ही भाभी बोली, "अभी दो मिनट में आई।" कहकर कमरे से चली गई। माया उसी तरह पट्टी पर बैठी निरुद्देश्य इधर-उधर देखती रही। कमरे के बाद बरामदा था और उसी के निकट शायद चौका, क्योंकि कढ़ाई में कलछी चलने की आवाज़ साफ सुनाई दे रही थी। फिर एक छनाका हुआ, शायद पानी डाला गया और फिर हाथ में दरी लिए भाभी आई और कहा, "उठिए, इसे बिछा दूँ तो आराम से बैठिए।"

दरी बिछाते हुए कहा, "आज तो आपकी छुट्टी होगी, इतवार है।"

"जी।"

"आपको तो खूब अच्छा लगता होगा।"

प्रश्न सुन माया कुछ देर चुप रही, फिर कहा, "जी हाँ, लगता तो है। वैसे तो कॉलेज का ही काम रहता है। कभी-कभी इधर-उधर चले गए, सिनेमा वगैरा। अब सिनेमा से ही आ रही थी, सोचा कि मिलते चलें।"

बड़ी हसरत से भाभी ने कहा, "अकेले रहने में तो यह है ही, जो

मन आया, कर लिया। शादी से पहले मुझे सिनेमा देखने का बड़ा चाव था, मेरे एक चाचा गेटकीपर थे, सब मुफ्त में देखते थे, पर अब तो साल-डेढ़ साल से कोई सिनेमा ही नहीं देखा। मुन्ना छोटा है, घर में कोई है नहीं। छोड़ें भी किसपर ? कौन-सी फिल्म देखी आपने ?''

माया ने फिल्म का नाम बताया।

''अंग्रेज़ी की थी।'' भाभी बड़ी सचाई से बोली, ''भई हमें तो कुछ समझ में नहीं आती। दो-एक बार गए भी, पल्ले कुछ नहीं पड़ा,'' फिर रुककर भाभी ने पूछा, ''आप तो शायद बी.ए. होंगी ?''

''जी नहीं, एम.ए.,'' आहिस्ता से माया ने कहा। भाभी ने एक लंबी साँस ली, कुछ कहने को मुँह खोला, फिर रुक गई। बात बदलकर कहा, ''खाना परस लाऊँ, आपके लिए ?''

''जी नहीं, नौकरानी ने बनाकर रखा होगा। अब मुझे चलना चाहिए।''

''कुछ देर तो रुकिए।'' भाभी के स्वर में कुछ विशेष आग्रह नहीं था। माया जैसे एकदम उकता गई। उठती हुई बोली, ''अब चलूँ, भाभी जी, कभी हमारी तरफ भी आइए।''

''कहूँगी उनसे, लाना न लाना उनके हाथ है।''

भाभी ने जल्दी से हाथ जोड़ दिए।

बाहर निकलते हुए माया को लगा कि वह बेकार ही आई, भाभी को शायद काफी काम हो, पहुँचकर बाधा दी। घड़ी पर नज़र डाली, सवा बारह बजे थे। कुछ-कुछ भूख भी लग आई थी। बाँस का फाटक खोलकर बढ़ी ही थी कि चंदन से भेंट हो गई।

''अरे वाह, माया ! किधर जा रही हो ?''

पकड़े जाने पर माया ने रुककर कहा, ''घर जा रही हूँ। आई थी, आप मिले ही नहीं।''

''अब तो मिल गया। चलो, चलो अंदर चलो। अपनी भाभी से

मिली !"

"जी, भाई साहब, अभी माफी चाहती हूँ। फिर आऊँगी।"

पर वह नहीं माने और बेतकल्लुफी से उसका हाथ पकड़ लिया और कहा, "नहीं, बिना खाना खाए नहीं जा सकोगी।"

माया ने हाथ छुड़ाने का प्रयत्न किया, पर चंदन हाथ पकड़े-पकड़े ही अंदर तक ले गए और जोर से पुकारकर कहा, "सुनो, एक मेहमान आए हैं।" भाभी चौके से बाहर आई और देखा, फिर कहा, "मैंने तो पहले ही रुकने को कहा था," फिर माया के मुख की ओर देखकर बोली, "हाथ तो छोड़ दो बेचारी का।" उसके कहने का ढंग ऐसा था कि चंदन ने तुरंत उसका हाथ छोड़ दिया, फिर कुछ अपराधियों की तरह कहा, "खाने का इंतज़ाम करो।"

"हो रहा है।" रुखाई से कहकर वह वापस चली गई। चंदन और माया ने स्पष्ट रूप से महसूस किया कि उसे प्रसन्नता नहीं हुई है।

माया ने फिर कहा, "भाई साहब, बेकार झंझट होगा, मेरी नौकरानी इंतज़ार कर रही होगी।"

"झंझट क्या ? खाना अभी बना जा रहा है।" स्वर ऊँचा कर उन्होंने पत्नी को पुकारा, "सुनो, जरा जल्दी कर दो।"

अंदर से उत्तर आया, "कर रही हूँ। पहले ज़रा मुन्ने को नहला दूँ।"

तब माया जाकर उधर खड़ी हो गई, कहा, "भाभीजी, आपको परेशानी हो रही है, मैंने तो कहा था–"

भाभी धूप में बैठकर बच्चे को नहलाने की तैयारी कर रही थी। माया को भूख लगने लगी थी। जहाँ वह खड़ी थी, वहीं से झाँककर देखा, चूल्हा खाली था। बच्चा चीख-चीखकर रोता रहा, भाभी उरो साबुन लगाती रही। उसके ढंग से लग रहा था कि जैसे आज ही रगड़-रगड़कर बच्चे को गोरा कर देगी। माया बैठी-बैठी अपने को

कोसती रही कि किस क्षण में उसने यहाँ आने को सोचा। आखिरकार भाभी ने बच्चे को पोंछकर कपड़े पहनाए और कपड़े पहनाकर पालने में लिटा दिया और कहा, "ज़रा दही ला दीजिए, रायता बन जाएगा।"

"नहीं नहीं," माया ने जल्दी से कहा, "रायते की कोई जरूरत नहीं।"

पर भाभी ने नहीं सुना। चंदन भाईसाहब दही लाने को भेज दिए गए, भाभी चौके में जाकर खटर-पटर करने लगी। बच्चा रोता गया, माया ने उठकर उसे गोद में ले लिया। हिलाया, डुलाया, तो वह चुप हो गया। उसे कंधे से लगाकर माया ने बरामदे में कई चक्कर लगाए, फिर देखा, वह सो गया था, धीरे से लिटाया तो फिर वह जग गया। उसके चीखने से पहले ही माया ने उसे फिर कंधे से लगा लिया और टहलने लगी। घूमते-घूमते उसके पैर थक गए, कंधा दुखने लगा पर भाईसाहब दही लेकर नहीं लौटे। भाभी रोटी बनाने का सारा आयोजन कर चूल्हे के पास चुपचाप बैठी थी। माया से कहा, "देखा, जहाँ जाते हैं वहीं के हो रहते हैं। दो कदम पर बाजार है।" फिर एकाएक उठती हुई बोली, "जानें कब तक आएँगे, मैं नहा लूँ। आप कहें तो आपको खाना परस दूँ।"

"भाई साहब को आ जाने दीजिए।" माया ने कहा।

भाभी उठकर अंदर गई। गुसलखाना बंद किया ही था कि भाई साहब आ गए। प्रश्न-भरी दृष्टि से इधर-उधर देखा। माया ने अपने-आप ही कह दिया, "नहाने गई हैं।"

"नहाने गई हैं ? यह नहाने का टाइम है, इनके सब काम उलटे होते हैं।" कहकर दही उन्होंने रख दिया और बाहर से कुंडी खड़काई। भाभी चुप रही। माया ने बच्चे को पालने पर लिटा दिया। इस बार वह सोता ही रहा। वह थकी थी और भाई साहब झुँझलाए, दो-एक बात कर दोनों चुप हो गए, और प्रतीक्षा करते रहे कि कब भाभी निकले।

भाभी साफ-सुथरी धोती पहनकर बाहर आई, माथे पर बिंदी लगाई। माँग से सिंदूर छुआया। बिना किसी जल्दी के धीरे-धीरे चौके में आकर बैठ गई। रायता बनाया। चूल्हा फूँका। फिर उसने पूछा, "कहाँ खाएँगे ? चटाई बिछा लें वह रखी है कोने में।"

माया ने चटाई बिछा ली, सेंडिल उतार डाले, हाथ धोकर चौके में गई, और थालियाँ उठाकर बाहर ले आई। दाल एकदम ठण्डी और पतली थी। रायते में काफी ज़्यादा नमक। माया को बरबस चैती की बनाई नरम-नरम पूरियाँ और मेवे की खीर की याद आ गई। खाने के बाद कुछ देर वह और बैठी। जब भाभी स्वयं भी खा चुकी, तब वह विदा लेकर आई।

चैती शायद इंतजार करते-करते थककर चली गई थी। माया ने अपने पास की दूसरी चाभी से ताला खोला, घड़ी की सुइयाँ तीन पार कर चुकी थीं। कमरे की छाँह में मधुर शीतलता थी। माया ने सेंडिल उतार दिए। पर्स कुर्सी पर डाल दिया और चौके की तरफ गई। खाना सब ढँका रखा था। पूरियाँ, सूखी मटर, दम आलू तथा गाढ़ी मेवे की खीर। लगता था कि चैती ने भी खाया नहीं था, कुपित हो भूखी ही घर चली गई थी। माया वहाँ से गुसलखाने में गई। उसकी आँखें जल थीं। सोचा कि ठण्डे पानी से धो ले तब उसकी दृष्टि पड़ी उन क पर, जिन्हें गरम पानी और साबुन में डुबाकर वह बिल्कुल भूल गई थी उसने झपटकर कपड़े अलग-अलग उठा लिए। एक ब्लाउज़ का पीला और हरा रंग निकलकर दूसरी ब्लाउज़ों और सफेद सिल्क की साड़ी में लग गया था। दोष अपना ही था, फिर भी न जाने क्यों उसे रोना आ गया। रेशमी ब्लाउज़ के कच्चे निकल जाने पर नहीं, बल्कि अपनी जिंदगी के पैटर्न पर, उसके खोखलेपन और सारहीनता पर। किसलिए वह घर-बार छोड़कर इतनी दूर आकर पड़ी थी, किसलिए वह सुबह से शाम तक कॉलेज में मगज़पच्ची करती थी। इसलिए कि ज़िंदगी के दिन

एक-एक करके गुजरते जाएँ और हर गुजरा हुआ दिन उसके जीवन का खालीपन और भी गहरा करता जाए और एक दिन वह सोचे कि इस जीवन में उसने क्या पाया, तो पता चले कि वह एक लंबे अनंत मरुस्थल की तरह था।

माया ने ब्लाउज़ फिर उन्हीं कपड़ों में डाल दिया और आकर औंधी ही पलंग पर पड़ गई।

जब वह जगी तो कमरे में अँधेरा था। धूप न जाने कब की खिड़की की राह चली गई। घड़ी की सुइयाँ अँधेरे में चमक रही थीं। रोते-रोते सो जाने से उसका सिर बुरी तरह दर्द कर रहा था। इतवार की शाम को चैती नहीं आती थी। माया ने उठकर पानी पिया और कमरे में बत्ती जला दी। मेज़ के पास जाकर कुर्सी पर बैठ गई। मेज़ पर कापी खुली पड़ी थी। लाल पेंसिल के निशान चमक रहे थे। माया बहुत देर तक बैठी-बैठी खिड़की से बाहर देखती रही। आसमान में दो-एक तारे निकल आए थे। पड़ोस में दूध वाला बाल्टी खटका रहा था। दूध नापता हुआ, मोटे-से एकरस स्वर में कह रहा था। ''दो-तीन...चार...।'' सीढ़ियों पर ऊपर-नीचे आते-जाते जूतों की आवाज आ रही थी। गुसलखाने में कपड़े भीग रहे थे। चौके में ठंडा खाना रखा हुआ था और कनपटी के पास एक शिरा बुरी तरह दुख रही थी।

धीरे-धीरे आकाश काला हो गया। तारों की ज्योति में उज्ज्वलता आ गई। आने-जाने वालों का रव थम गया, माया एक साँस लेकर उठी। बिजली बुझाकर फिर पलंग पर लेट गई। उसे पता था कि नींद रात में बहुत देर से आएगी। फिर भी आँखें बंद कर लीं।

कहीं घड़ी ने धीरे-धीरे आठ के घण्टे बजाना आरंभ किया, माया ने करवट बदली। अगला दिन, काम का दिन...

कितना बड़ा झूठ

बहुत सवेरे, बहुत जल्दी उठकर वह पीछे का दरवाज़ा खोलकर दहलीज पर बैठ गई। बिस्तर की गरमाई से निकलकर खुले में बैठने से एकबारगी ही पूरी देह में रोएँ उठ आए। बाद में वह ताज़ी, सोंधी हवा थोड़ी-सी अच्छी लगी।

पीछे घास का लम्बा-चौड़ा मैदान था, जहाँ रविवार को लड़के फुटबाल खेलते थे, आसपास के फ्लैटों के सम्मिलित बगीचे थे, और पड़ोसिन के प्लाट में सूखे पौधों के बीच एक बहुत ऊँचे पौधे पर बड़ा-सा सूरजमुखी का फ़ूल दीख रहा था। फूल का मुँह सचमुच सूरज की ओर था।

किरन ने साड़ी के आँचल से पीठ और बाँहें ढक लीं, एकाएक उसने चाहा कि वह चीखकर रो पड़े, वैसे ही जैसे पति की अर्थी उठते हुए देख सद्यः-विधवा रो उठती है, पर उस समय उसने दाँत कसकर भींच लिए, और पीछे वृक्षों, फूलों और घास को देखती रही। दृश्य रह-रहकर धुँधला जाता।

कल ही किरन छुट्टी के बाद लौटी थी, ढाई महीने की छुट्टी के बाद

तरोताज़ा, उत्साहित। पिछले पन्द्रह दिनों से रोज़ कई बार घर लौटने की सोचकर खुश हो लेती थी। और घर की याद करते समय कुर्सी, मेज़ या दीवारों का ख्याल नहीं आता। उसने सब प्लान कर लिया था।

तीसरे पहर पहुँचेगी, लड़कियों को समर कैम्प से लेने पति चले गए होंगे, इसलिए घर खाली होगा, जाते ही वह मैक्स को फोन करेगी।

ऐसा ही किया, पति का नोट पढ़ा, "नीता और लीना को लेने जा रहा हूँ।"

काग़ज़ की उस पुर्ज़ी को मसलकर एक कोने में फेंकते हुए वह फोन की ओर बढ़ गई, सफेद रंग के फोन पर जम आई धूल की परत पर ध्यान गया, पर नम्बर मिलाते हुए उत्कंठित हो आई थी।

तीसरी ही रिंग पर फोन उधर उठा लिया गया और एक बचकानी-सी, लड़की की आवाज़ ने कहा, "मिसेज़ बासवेल बोल रही हूँ..."

अचकचाकर किरन ने पूछा, "कौन ?"

"ओह, तुम हो किरन !" फोन पर खिलखिलाकर हँसते हुए उसने कहा, "मैं हूँ वारिया, मैक्स और मैंने विवाह कर लिया है। तुम कब आईं ?"

किरन ने कहा, "वारिया, मैं फिर बात करूँगी, बच्चे अभी खाना माँग रहे हैं।" फिर कुछ सोचकर जोड़ा, "मेरी ओर से मैक्स को बधाई दे देना।"

तुरन्त उसे पूरी तरह आभास नहीं हुआ कि सचमुच कैसा लग रहा है। पहली अनुभूति केवल गहरी निराशा की थी, मैक्स के स्पर्श से वंचित रह जाने की, तीन-चार दिन से देह जैसे तप रही थी, यात्रा-भर बैठी-बैठी वह उन आनेवाले कुछ घंटों के साथ के बारे में ही सोचती रही और होंठों के कोने बार-बार मुसकराहट से काँप उठते और जैसे-जैसे घर पास आता जाता, वह और भी उत्कंठित होती जाती।

किरन की देह अब काँपने लगी थी, वहाँ सोफे पर लेटते हुए कई

बातें मन में एक साथ उठीं और दब गईं। सन्तुष्ट होने पर मैक्स की आँखों में कैसा उजलापन आ जाता है, अब वह मैक्स को कभी छुएगी तक नहीं, और वारिया उससे, किरन से, दसेक साल छोटी तो होगी ही—किरन की अब आँखें भर आईं, हिन्दुस्तानी औरत रोने के अलावा कर ही क्या सकती है ! वह न तो जाकर वारिया के बाल ही जड़ से उखाड़ सकती है, न मैक्स की लात, जूतों या गाली-गलौज से खबर ले सकती है।

मैक्स ने छुट्टी-भर केवल दो पत्र लिखे थे, कोई नई बात नहीं लिखी थी, इधर-उधर का हाल, कौन कहाँ है, किरन अच्छी होगी, और फिर चुप्पी। किरन को तभी समझ जाना चाहिए था। पर कैसे समझती ! विश्वास जो था।

बाहर का दरवाज़ा खुला और नीता और लीना अन्दर घुस आईं, लीना छोटी होने के कारण अभी भी माँ से लिपटती है, नीता अलग खड़ी मुसकराती रही, माँ के अपनी ओर आने की प्रतीक्षा में—किरन ने नीता के सिर पर हाथ रखकर पूछा, "कैसा रहा कैम्प ? तैरना सीखा ? घर पर पापा को तंग तो नहीं किया ? लीना ने लड़ाई तो नहीं की ?"

नीता मुसकराती रही। लीना ने पूछा, "हमारे लिए क्या लाई मम्मी ?"

"तुम्हारे कमरे में पलंग पर रखा है। और तुम्हारे लिए भी है नीता !"

बच्चों के अपने-अपने कमरों में दौड़ जाने पर किरन कुछ क्षणों को पति के साथ अकेली हुई। दोनों अटैची कोने में रखते हुए विश्वेश्वर ने उसे हल्के-से आलिंगन में ले लिया और किरन ने बिना कुछ कहे विश्व के कंधे पर माथा टिका दिया। एक छोटे-से आँसू ने बाहर आना

चाहा, पर किरन ने आने नहीं दिया। अलग होते हुए उसने कहा, ''आपके लिए भी एक प्रेज़ेंट है।''

विश्व हँसा, किरन हमेशा उसके लिए ड्यूटी फ्री कोनियाक की एक बोतल लाती है। विश्व की ज़रूरतें बहुत थोड़ी हैं।

किरन का सूखा हुआ मुँह देखकर कहा, ''थक गई होगी। आज शाम खाना बनाने की ज़रूरत नहीं है। बाहर खा लेंगे।''

किरन बैठ गई, खिड़कियों के पर्दे इस बार ज़रूर बदलने हैं, कार्पेट कितना मैला हो गया है, और कोलियस गमलों में कितना मुरझा रहे हैं। लगता है कि सफाई करने आनेवाली औरत पानी देना भूल गई है।

किरन उठी और अपने कमरे में चली गई, पलंग पर लेट गई और बाँह उसने आँखों पर रख ली। मुरझा जाने दो कोलियस को, नहीं, किरन क्यों रोए, यह तो उसी की च्वायस थी, विश्व, नवनीता और देवलीना...

''मम्मी, हम आइसक्रीम ले लें ?''

''पापा हमें खाने के लिए बाहर ले जा रहे हैं। अभी आइसक्रीम लेने से भूख नहीं रहेगी।'' किरन ने कहा।

''थोड़ी-सी, बस दो चम्मच।''

''अच्छा ले लो।''

विश्व ने ड्रार खँखोरते हुए कहा, ''लाण्ड्री से कमीज़ें लाना भूल गया। अब कोई साफ कमीज़ नहीं है। शावर लेना चाहता था।''

''आप जाकर नहाइए। मैं कमीज़ निकाले देती हूँ।'' किरन ने उठते हुए कहा। उठकर अपनी अलमारी खोली और एक धुली कमीज़ निकालकर विश्व को पकड़ा दी। वक्त-बेवक्त के लिए हमेशा कुछ कपड़े अलमारी में रखती है।

जाकर फिर लेट गई।

''सिरदर्द है क्या ? तुम कपड़े नहीं बदलोगी ?'' विश्व ने पूछा।

"हांगकांग वाली साड़ी है। मुसती नहीं।" किरन ने कहा और दरवाज़े की ओर पीठ कर ली।

कुछ देर बाद नीता हाथ में पानी का गिलास और अनासिन की शीशी लेकर आई, "मम्मी, पापा ने कहा है कि तुम्हें सिरदर्द है, और मैं तुम्हें गोलियाँ लाकर दूँ।"

किरन ने दो गोलियाँ निगलकर कहा, "थैंक यू नीता !" पर नीता गई नहीं।

"तुम कौन-सी साड़ी पहनोगी मम्मी ?"

"क्यों, जो पहने हूँ, वह अच्छी नहीं है ?"

"अच्छी तो है," नीता ने बड़ी गम्भीरता से निरीक्षण करते हुए कहा, "मगर दूसरी पहनो तो ताज़गी महसूस करोगी।"

किरन ने उठकर कहा, "अच्छा, मैं दूसरी पहने ले रही हूँ। ज़रा जाकर देखो, लीना कहीं बहुत ज़्यादा आइसक्रीम न खा ले।"

किरन ने सफेद लेस की साड़ी पहन ली। जाकर ड्रेसिंग टेबिल के आगे बैठ गई। ठीक है, वह ढल गई है। हथेली पर लोशन उँड़ेलते हुए उसने सोचा, फिर थोड़ा-सा आगे झुककर उँगलियों से चेहरे पर लगाने लगी, माथे पर बालों की सीमा तक, कानों पर, गर्दन पर नीचे तक जहाँ ब्लाउज़ का गला आरम्भ होता है। फिर फाउण्डेशन, फिर बेहद हल्की रूज़, पलकों पर आई-लाईनर से लकीरें डालीं, भौंहों को सँवारा। कानों की लवों पर ईव सेंट लारें का सेंट, बालों का जूड़ा, फिर हेयर स्प्रे, कानों में बुन्दे, दायें हाथ में सोने की चूड़ियों से मिलाकर काँच की सफेद चूड़ियाँ, चप्पलें...

विश्व कपड़े पहनता हुआ उसे कमरे में इधर-से-उधर जाते हुए, तैयार होते हुए देखता रहा। उसकी आँखों में हलका-सा जो गर्व उतर आया था, वह किरन से न छिपा रहा।

मैं क्या सदा तुम्हारे जीवन की परिधि से बाहर रहूँगा ?

पतझर का एक हल्का उष्ण, चमकता, रंगभरा मध्याह्न। बहुत दिनों बाद मिले थे, कई घंटों के साथ के बाद तुष्ट होकर पास-पास लेटे थे...

किरन ने कहा, "परिधि पर तो नहीं हो। विश्व से तो बाँध दी गई थी।" फिर कुछ देर चुप हो अपने में डूब गई। हफ्ते के बाद हफ्तों मैक्स को दूर से देखना और उसका आकर्षण महसूस करना। महीनों पर महीने, साल के बाद साल, और एक दिन वह क्षण आ ही गया।

"अभी तैयार हुई जा रही हूँ।" विश्व को एकटक अपनी ओर ताकते हुए किरन ने कहा।

"कोई जल्दी नहीं है।" विश्व ने कहा।

किरन कमरे के बीचोंबीच असमंजस में पड़ी खड़ी रही। विश्व के बाहर चले जाने पर उसने हड़बड़ाते हुए फोन का नम्बर मिलाया, पर उधर से जब वारिया ने कहा, मिसेज़ बासवेल, तो किरन ने बिना कुछ कहे रिसीवर रख दिया और कमरे से बाहर निकल आई।

नीता और लीना बाहर तैयार खड़ी थीं।

"नई साड़ी है क्या मम्मी ?" लीना ने पूछा।

"याद नहीं है, पिछली बार पापा न्यूयार्क से लाए थे ?" नीता ने बड़प्पन से कहा।

"फटने पर मेरे लिए छोटी-सी साड़ी बना दोगी मम्मी ?" लीना ने पूछा।

"मम्मी की साड़ियाँ कभी नहीं फटतीं।" नीता ने कहा। दरवाज़ा बन्द करके वे लोग मोटर में आकर बैठ गए। लौटने पर कुछ दिन हमेशा अजीब-अजीब-सा लगता है। उजाड़, धूलभरा, बेरौनक।

“ ‘आगरा’ में चलें ?” विश्व ने पूछा।

पीछे की सीट पर नीता और लीना खुश हो आईं, “ ‘आगरा’ में मिठाई अच्छी मिलती है, सन्देश, रसगुल्ले।”

“हाँ।” किरन ने कहा।

‘आगरा’ के मालिक परिचित हैं, हँसते हुए बोले, “कहिए, भाभीजी, लौट आईं आप ? अच्छी रही ट्रिप ? कहिए, क्या खातिर की जाए ?”

फिर पुकारकर कहा, “सीताराम, मेन्यू लाना।”

इस बीच में ‘आगरा’ की दीवारों पर नया, सुर्ख रंग का वाल पेपर चढ़ गया था, छत से कुछ सस्ते फानूस लटके हुए थे, लकड़ी के काम किए हुए कश्मीरी पार्टिशन।

“काफी चेन्ज कर दिया आपने।” किरन ने कहा।

“मेहरबानी है भाभीजी, इस बार छोटे भाई और उसकी वाइफ को भी बुला लिया है। भाई एकाउण्ट रखता है।” फिर पुकारकर कहा, “रवि इधर आना; प्रोफेसर साहब से मिलो।”

रवि कैश-काउण्टर छोड़कर आया, परिचय हुआ। कुछ देर इधर-उधर की बातें हुईं और फिर लौट गया।

विश्व सबकी पसन्द जानता है, बच्चे कबाब खाएँगे, उसे लैम्बकरी पसन्द है। किरन हमेशा वही खाती है, खोया-मटर, दही-बड़े, आलू के पराँठे। थोड़ा-बहुत हेर-फेर चाहे जो हो जाए, जैसे कभी चने मँगा लिए तो कभी पराँठे की जगह नान ले ली। शिथिल उँगलियों में मेन्यू पकड़े किरन ने छपे हुए हरफों पर नज़र दौड़ाई।

“वही,” उसने कहा।

मेज़पोश पर कुछ धब्बे हैं, टेपरिकार्डर पर सहगल का एक बहुत पुराना गीत चालू है। पास की मेज़ पर एक भारतीय परिवार बैठा हुआ है, पहले कभी नहीं देखा। स्त्री नीली औरंगाबादी साड़ी पहने हुए है और शायद कुछ अटपटा-सा महसूस कर रही है। पर किरन के केश-विन्यास

और कपड़ों को एकटक घूरती रही। विश्व बड़ा सन्तुष्ट दीख रहा है। 'आगरा' में भोजन करने के बाद अक्सर ऐसा भाव मुँह पर आ जाता है।

"बहुत खा लिया।" उसने कहा।

नीता और लीना बहुत एकाग्र होकर मीठी डिश खा रही हैं, उनकी कटोरियों की सेवई बड़ी तेज़ी से कम होती जा रही हैं। चम्मच से कटोरी एकदम साफ करते हुए लीना ने कहा, "आह।"

"कैसी पेटू है !" नीता ने किरन से कहा।

"क्यों बेटी, कुछ और खाओगी ?" विश्व ने लीना से पूछा।

लीना ने पहले माँ को देखा, फिर बहन को, फिर सिर हिलाकर कहा—"हाँ, आइसक्रीम।"

नीता खिलखिलाकर हँस पड़ी।

लीना झेंप गई। "नहीं और कुछ नहीं," उसने कहा। एकाएक उसकी आँखें डबडबा आईं।

किरन ने अपनी बायीं बाँह से उसे घेर लिया और विश्व से कहा, "आप मँगाइए, हम सब खाएँगे। नीता भी।"

कुल्फी के लिए कुछ इंतज़ार करना पड़ा। नया टेप चल रहा था, लोग काफी तादाद में आने लगे, और बाहर सड़क पर सैकड़ों रंगीन बत्तियाँ झिलमिला उठीं।

किरन दायें हाथ की उँगली से मेज़पोश पर अदृश्य लकीरें खींचती रही, वारिया की उम्र क्या होगी, ज़्यादा से ज़्यादा तेईस। फिर वारिया आकर खड़ी हो गई, नाटे कद की दुबली-पतली, थोड़ी-सी आर्टिफिशल लगनेवाली लड़की। लम्बे खुले हुए बाल, आधे आगे, आधे पीठ पर, बड़ी-बड़ी आँखें, दो वर्षों से मैक्स की असिस्टेंट थी।

"लो लीना, आ गई कुल्फी। सँभलकर खाना।" किरन ने कहा।

लीना मुसकराने लगी, कितनी चमकदार, कितनी सुन्दर आँखें हैं लड़की की !

"कुल्फी अच्छी है।" विश्व ने कहा।

किरन ने एक चम्मच से थोड़ी-सी चखी, हाँ—और आधी से अधिक लीना की प्लेट में डाल दी।

अब सन्नाटा था। लीना और नीता कपड़े बदलकर, नहाकर, टेलीविज़न पर अपनी पसंद का शो देख चुकने के बाद, अपने-अपने कमरों में चली गई थीं। उनके जाने के बाद विश्व ने टेलीविज़न बंद कर दिया और कोन्याक की बोतल खोलने लगा।

किरन रसोई में बचे-खुचे बर्तन धोने लगी। बाद में हाथ पोंछकर, हैण्डलोशन मलती हुई आई, और विश्व को बोतल खोलते हुए देखने लगी।

सावधानी से दो गिलासों में डालकर एक गिलास उसे पकड़ाते हुए विश्व ने कहा, "वेलकम बैक रानी !"

"थैंक यू डार्लिंग !" किरन ने उत्तर दिया।

उस सन्नाटे में, पास-पास बैठे वे छोटे-छोटे घूँट लेते रहे, चुपचाप, बहुत संतुष्ट, एक-दूसरे में रमे हुए आदर्श पति-पत्नी की तरह।

फिर किरन ने कहा, "सुना ही होगा, मैक्स ने वारिया से शादी कर ली है।"

"हाँ," विश्व ने कहा, "विभाग के लोगों ने मिलकर प्रेज़ेंट दिया है। हनीमून के लिए मैक्सिको गए थे, शायद अभी भी वहीं हों।"

वह ऐशट्रे में पाइप उलटकर राख झाड़ने लगा। किरन ने कहा, "इस बार ठण्ड जल्दी आ गई।"

"हाँ। और ?" विश्व ने किरन का गिलास उठाते हुए पूछा।

"नहीं।" उसने कहा, वह अपनी जगह पर बैठी-बैठी विश्व की ओर देखती रही। फिर एकाएक ही उठकर उसने विश्व का हाथ पकड़ लिया और मंद स्वर में कहा, "आइए, अब बिस्तर पर चलें।"

ज़िंदगी और गुलाब के फूल

सुबोध काफी शाम को घर लौटा। दरवाज़ा खुला था, बरामदे में हल्की रोशनी थी, और चौके में आग की लपटों का प्रकाश था। अपने कमरे में घुसते ही उसे वह खाली-खाली-सा लगा। दूसरे क्षण ही वह जान गया कि कमरे का कालीन निकाल दिया गया है और किनारे रखी हुई मेज़ भी नहीं है। मेज़ पर कागज़ के फूलों का जो गुलदस्ता रहता था, वह कुछ ऐसे कोण से खिड़की पर रखा था कि लगता था, जैसे मेज़ हटाते वक्त उसे वहाँ वैसे ही रख दिया गया हो।

उसने बहुत कोमलता से गुलदान उठा लिया। कागज़ के फूल थे तो क्या, गुलदान तो बहुत बढ़िया कट ग्लास का था। पहले कभी-कभी शोभा अपने बाग के गुलाब लगा जाती थी, पर अब तो इधर, कई महीनों से यही बदरंग फूल थे और शायद यही रहेंगे। सुबोध ने फिर खिड़की पर गुलदान रखते हुए सोचा, हाँ, यही रहेंगे, क्योंकि शोभा की सगाई हो गई थी, और उसका भावी पति किसी अच्छी नौकरी पर था। सुबोध ने कोट उतारकर खूँटी पर टाँग दिया...आखिर कब तक शोभा के पिता उसके लिए अपनी लड़की कुँवारी बैठाए रखते ?...सुबोध खिड़की

के पार देख रहा था—धूल-भरी साँझ, थके चेहरे, बुझे हुए मन...

फिर वह माँ के पास आया। उसकी माँ चौके में चूल्हे के पास बैठी थी। वह वहीं पीढ़े पर बैठ गया। कुछ देर कोई नहीं बोला। माँ ने दो-एक बार उसे देखा ज़रूर, पर कुछ कहा नहीं, पत्थर की मूर्ति की तरह बैठी रही, ऐसी मूर्ति जिसकी केवल आँखें जीवित थीं।

एकाएक सुबोध पूछ बैठा, "अम्मा, मेरे कमरे का कालीन कहाँ गया ? धूप में डाला था क्या ?"

बाएँ हाथ से धोती का पल्ला सिर पर खींचती हुई माँ बोली, "वृन्दा अपने कमरे में ले गई है। उसकी कुछ सहेलियाँ आज खाने पर आएँगी।"

सुबोध को अपने पर आश्चर्य हुआ कि वह इतनी-सी बात पहले ही क्यों न समझ गया ? उसकी सारी चीजें वृन्दा के कमरे में जा चुकी थीं, सबसे पहले पढ़ने की मेज़, फिर घड़ी, आरामकुर्सी और अब कालीन और छोटी मेज़ भी। पहले अपनी चीज़ वृन्दा के कमरे में सजी देख उसे कुछ अटपटा लगता था, पर अब वह अभ्यस्त हो गया था यद्यपि उसका पुरुष-हृदय घर में वृन्दा की सत्ता स्वीकार न कर पाता था।

उसे अनमना हो आया देख माँ ने कहा, "तुम्हारे इन्तज़ार में मैंने चाय भी नहीं पी। अब बना रही हूँ, फिर कहीं चले मत जाना।" और पतीली का ढँकना उठाकर देखने लगी।

सुबोध दोनों हाथों की उँगलियाँ एक-दूसरे में फँसाए बैठा रहा। उसके कंधे झुक गए और उसके चेहरे पर विषाद और चिन्ता की रेखाएँ गहरी हो गईं। सशंक नेत्रों से माँ उसे देखती रही। मन-ही-मन कई बातें सोचीं। कहने की, मौन का अंतराल तोड़ने की, पर न जाने क्यों वाणी न दे सकी। उसकी आँखों के सामने ही सुबोध बदलता जा रहा था। इस समय उसके नेत्र माँ पर अवश्य थे, पर वह उनसे हज़ारों मील दूर था। मौन रहकर जैसे वह अपने अंदर अपने-आपसे लड़ रहा हो। काश,

सुबोध फिर वही छोटा-सा लड़का हो जाता, जिसके त्रास वह अपने स्पर्श से दूर कर देती थी। पर सुबोध जैसे अब उसका बेटा नहीं था, वह एक अनजान, गंभीर, अपरिचित पुरुष हो गया था, जो दिन-भर भटका करता था, रात को आकर सो रहता था। सुख के दिन उसने भी जाने थे। अच्छी नौकरी थी, शोभा थी। अपने पुराने गहने तुड़ाकर माँ ने कुछ नई चीज़ें बनवा ली थीं, और अब वे नए बुंदे और बालियाँ, हार और कंगन बक्स में पड़े थे। शोभा की शादी होने वाली थी और सुबोध बदलता जा रहा था।

दो धुँधली, जल-भरी आँखें दो उदास आँखों से मिलीं। उनमें एक मूक अनुनय थी। सुबोध ने माँ के चेहरे को देखा और मुस्करा दिया। शब्द निरर्थक थे, दोनों एक-दूसरे की गोपन व्यथा से परिचित थे। उनमें एक मूक समझौता था। माँ ने इधर बहुत दिनों से सुबोध से नौकरी के विषय में नहीं पूछा था, और सुबोध भी अपने-आप यह प्रसंग न छेड़ना चाहता था।

उसने कहा, ''देखो, शायद पानी खौल गया।''

माँ चौंकी, दो बार जल्दी-जल्दी पलक झपकाए। फिर खड़ी होकर आलमारी से चायदानी उठाई। उसे गर्म पानी से धोया, बहुत सावधानी से चाय की पत्ती डाली और पानी उँड़ेला। फिर उस पर टीकौजी लगा दी। वह टीकौजी वृन्दा ने काढ़ी थी और उसकी शादी की आशा में बरसों माँ बक्स में रखे रहीं। अब उसे रोज व्यवहार करना माँ की पराजय थी। उससे बड़ी पराजय थी सुबोध की, जो अपनी छोटी बहन की शादी नहीं कर पाया था। टीकौजी पर एक गुलाब का फूल बना था और सुबोध उन गुलाब के फूलों की याद कर रहा था, जो शोभा उसके कमरे में सजा जाती थी, उन बाली और बुन्दों की सोच रहा था, जो शोभा अब नहीं पहनेगी...

दूध गरम कर और प्याला पोंछकर माँ ने सुबोध के आगे रख दी।

सुबोध पीढ़े पर पालथी मारकर बैठ गया, और चाय छानने लगा।

माँ अपनी कोठरी में जाकर कुछ खटर-पंटर कर रही थी। ज़रा देर में ही एक तश्तरी में चाँदी का वर्क लगा हुआ सेब का मुरब्बा लाकर माँ ने उसके सामने रख दिया और बड़े दुलार से कहा, "खा लो !"

अपने विचार पीछे ठेलकर, कुछ सुस्त हो, हँसते हुए सुबोध ने कहा, "अरे अम्मा ! बड़ी खातिर कर रही हो ! क्या बात है ?"

माँ ने स्नेह-कातर कंठ से कहा, "तुम कभी ठीक वक्त से आते भी हो ! रात को दस-ग्यारह बजे आए। ठंडा-सूखा खा लिया। सुबह देर से उठे, दोपहर को फिर गायब। कब बनाऊँ, कब दूँ ?"

यह चर्या तो सुबोध की पहले भी थी। तब वृन्दा और माँ दोनों उसके इंतज़ार में बैठी रहती थीं। वृन्दा हमेशा बाद में खाती थी। सुबोध की दिनचर्या के ही अनुसार घर के काम होते थे। पर तब वृन्दा नौकरी नहीं करती थी, तब सुबोध बेकार न था। अब खाना वृन्दा की सुविधा के अनुसार बनता था। सुबह जल्दी उठना होता था, इसलिए रात को जल्दी खाकर सो जाती थी। अब सुबोध जब साढ़े आठ पर सोकर उठता तो आधा खाना बन चुकता था। जब नौ बजे वृन्दा खा लेती, तो वह चाय पीता। पहले जब तक वह स्वयं अखबार न पढ़ लेता था, वृन्दा को अखबार छूने की हिम्मत न पड़ती थी, क्योंकि वह हमेशा पन्ने गलत तरह से लगा देती थी। अब उसे अखबार लेने वृन्दा के कमरे में जाना पड़ता था और इसीलिए उसने घर का अखबार पढ़ना छोड़ दिया था।

जूठे बर्तन समेटते हुए माँ ने कुछ कहना चाहा, पर रुक गई। उसका असमंजस भाँपकर सुबोध ने पूछा, "क्या है ?"

प्याला धोते हुए मंद स्वर में माँ ने कहा, "घर में तरकारी कुछ नहीं है।"

सुबोध ने उठकर कील पर टँगा मैला थैला उतार लिया। माँ ने आँचल की गाँठ खोलकर मुड़ा-तुड़ा एक रुपए का नोट उसे थमा दिया

और कहा, ‘‘ज़रा जल्दी आना ! अभी सारी चीज़ें बनाने को पड़ी हैं।’’

सुबोध कोट पहने बिना ही बाज़ार चल दिया। यह पतलून वह काफी दिनों से पहन रहा था। क़मीज़ के फटे हुए कफ और कालर काफी गंदे थे, पर उसने परवाह नहीं की। पर दोनों हाथों से थैले का मुँह पकड़कर उसमें गंदी तराजू से मिट्टी-लगे आलू डलवाते हुए सुबोध को एक झटका-सा लगा। उसके पास ही किसी का पहाड़ी नौकर भाव पूछ रहा था। उसके चीकट बालों से माथे पर तेल बह रहा था, मुँह से बीड़ी का कड़वा धुआँ निकल रहा था। वह भी थैला लिये था और तरकारी लेने आया था। सुबोध अचानक ही सोच उठा कि वह कहाँ से कहाँ आ पहुँचा है ! अपने अफसर की अपमानजनक बात सुनकर तो उसने अपने आत्मसम्मान की रक्षा के लिए इस्तीफा दे दिया था, लेकिन अब कहाँ है वह आत्मसम्मान ? छोटी बहन पर भार बनकर पड़ा हुआ है। उसे देखकर माँ मन ही मन घुलती रहती है। ज़िंदगी ने उसे भी गुलाब के फूल दिए थे, लेकिन उसने स्वयं ही उन्हें ठुकरा दिया और अब शोभा भी...

हाथ झाड़कर सुबोध ने पैसे दिए और चल पड़ा। इस सबके बावजूद उसके अंदर एक तुष्टि का हल्का-सा आलोक था कि इस्तीफा देकर उसके ठीक ही किया। उसके जैसा स्वाभिमानी व्यक्ति अपमान का कड़वा घूँट कैसे पी लेता ? स्वाभिमान ? सुबोध के ओठ एक कड़वी मुस्कान से खिंच उठे। वाह रे स्वाभिमानी. ! उसने अपने-आपसे कहा। उसे वे सब बातें स्पष्ट होकर फिर याद आ गईं, वे बातें, जो रह-रहकर टीस उठती थीं। सुबोध स्मृति का एलबम खोलने लगा। हर चित्र स्पष्ट था।

नौकरी छोड़कर वह कुछ महीने घर नहीं लौटा, वहीं दूसरी नौकरी खोजता रहा और जब लौटा तो उसने घर का चित्र ही बदला हुआ पाया। उसकी अनुपस्थिति में वृन्दा ने उसकी मेज़ ले ली थी और उसके

लौटने पर वृन्दा ने अवज्ञा से कहा था, "दादा, आप क्या करेंगे मेज़ का ? मुझे काम पड़ेगा।"

सुबोध कुछ तीखी-सी बात कहते-कहते रुक गया। कई साल में घिसट-घिसटकर बी. ए. एल. टी. कर लेने और मास्टरनी बन जाने से ही जैसे वृन्दा का मेज़ पर हक हो गया हो ! कोई अध्यापिका होने से ही पुस्तकों का प्रेमी नहीं हो जाता। सुबोध की उस मेज़ पर अब जूड़े के काँटे, नेल-पालिश की शीशी और गर्द-भरी किताबें पड़ी रहती थीं और फिर कुछ दिनों बाद माँ ने कहा, "वृन्दा को रोज़ स्कूल जाने में देर हो जाती है। अपनी अलार्म घड़ी दे दो, सुबोध !"

सुबोध ने कठोर होकर कहा था, "नई घड़ी खरीद क्यों नहीं लेती ? उसे क्या कमी है ?"

माँ ने आहत और भर्त्सनापूर्ण दृष्टि से उसे देखकर कहा, "उसके पास बचता ही क्या है ! तुम खर्च करते होते तो जानते !"

"नहीं, मुझे क्या पता ! हमेशा से तो वृन्दा ही घर का खर्च चलाती आई है। मैं तो बेकार हूँ, निठल्ला।" और झुँझलाकर सुबोध ने घड़ी उसे दे दी थी।

सबसे अधिक आश्चर्य तो उसे वृन्दा पर था। अक्सर वह सोच उठता कि यह वही वृन्दा है; जो उसके आगे-पीछे घूमा करती थी, उसके सारे काम दौड़-दौड़कर किया करती थी ! जब भी उसने चाय माँगी, वृन्दा ने चाय तैयार कर दी। और अब ? एक रात जरा देर से आने पर उसने सुना, वृन्दा बिगड़कर माँ से कह रही थी, "काम न धंधा, तब भी दादा से यह नहीं होता कि ठीक वक्त पर खाना खा लें। तुम कब तक जाड़े में बैठोगी, माँ ? उठाकर रख दो, अपने-आप खा लेंगे।"

उसके बाद सुबोध रात को चुपचाप आता। ठंडा खाना खाकर अपने कमरे में लेट जाता। सुबह जग जाने पर भी पड़ा रहता और वृन्दा के चाय पी लेने पर उठकर चाय पीता। बाज़ार से सौदा ला देता। मैले

ही कपड़े पहनकर बाहर चला जाता। और जब थक जाता, तो खिड़की के बाहर देखने लगता।

माँ प्रतीक्षा में दरवाज़े पर खड़ी थीं। उनके हाथ में थैला देकर वह अपने कमरे में चला गया। कमरा उसे फिर नग्न और सूना-सा लगा। जूते उतारकर वह चारपाई पर लेट गया। चारपाई बहुत ढीली थी। उसके लेटते ही दरी सिकुड़ गई, तकिया नीचे खिसक आया। दरी की सिकुड़नें पीठ में गड़ती रहीं। सुबोध की आँखें बंद थीं। हाथ शिथिल और कान अंदर और बाहर के विभिन्न स्वर सुनते रहे। खिड़की के पास से गुज़रते दो बच्चे, सड़क पर किसी राही की बेसुरी बजती बाँसुरी, खटखट करते दो भारी जूते, अंदर बर्तन की हल्की खटपट, तरकारी में पानी पड़ने की छन और खींची जाती चारपाई के पायों की फर्श से रगड़...।

तभी बाहर का दरवाज़ा अचानक खुला और वृन्दा ने कुछ तीखे-से स्वर में पूछा, "अम्माँ, दादा घर में हैं ?"

सुबोध सुनकर भी न उठा। माँ का उत्तर सुन वृन्दा उसके कमरे के दरवाज़े पर खड़ी होकर बोली, "दादा, ताँगेवाले को रुपया भुनाकर बारह आने दे दो।"

सुबोध ने चप्पलों में पैर डाले, उसके हाथ से रुपया लिया और बाहर आया।

उसकी दृष्टि सामने खड़ी शोभा से मिल गई। उसके नमस्कार का संक्षिप्त उत्तर दे वह बाहर आ गया। नोट तुड़कार ताँगे वाले को पैसे दिए और फिर अंदर नहीं गया। पड़ोस में एक परिचित के घर बैठ गया, और शतरंज की बाजी देखने लगा।

वहाँ बैठे-बैठे जब उसने मन में अंदाज़ लगा लिया कि अब तक शोभा और निर्मला खाना खाकर चली गई होंगी, तो वह घर आया। सड़क पर सन्नाटा हो गया था। बत्तियों के आस-पास धुँधले प्रकाश का

घेरा था, और पानवाला, ग्राहकों की प्रतीक्षा में चुप और स्थिर बैठा था।

वृन्दा ने झुँझलाकर कहा, ''कहाँ चले गये थे, दादा ? शोभा और निर्मला कब से घर जाने को बैठी हैं ! तुम्हें पहुँचाने जाना है।''

''मुझे मालूम नहीं था'', सुबोध ने कहा।

''जैसे कभी शोभा को घर पहुँचाया नहीं है !'' वृन्दा ने कहा।

''तब'', सुबोध ने सोचा, तब शोभा की सगाई कहीं और नहीं हुई थी, तब वह बेकार न था। शोभा उससे शरमाती थी, पर उसके गुलदान में फूल लगा जाती थी। माँ नए गहने बनवा रही थीं, और वृन्दा अपने कमरे में बैठी-बैठी कुढ़ती थी, क्योंकि बदसूरत थी और उससे कोई शादी करने को राज़ी नहीं होता था...

''अच्छा तो चलें'', सुबोध ने शोभा की ओर नहीं देखा।

पर शोभा बोल पड़ी, ''हमें जल्दी नहीं है। आप खाना खा लीजिए।''

माँ ने कढ़ाई चूल्हे पर चढ़ा दी। वृन्दा निर्मला को लेकर अपने कमरे में चली गई। सुबोध बैठ गया और शोभा ने उसके आगे तिपाई रख दी। फिर उसने रेशमी साड़ी का आँचल कमर में खोंस लिया और थाली लाकर उसके सामने रख दी। सुबोध नीची नज़र किए खाने लगा। चौके से बरामदे, बरामदे से चौके में बार-बार जाती हुई शोभा की साड़ी का बार्डर उसे दिखाई देता रहा, हरी साड़ी, जोगिया बार्डर, जिस पर मोर और तोते कढ़े हुए थे। कभी-कभी एड़ियाँ भी झलक उठतीं, उजली, चिकनी एड़ियाँ। सुबोध को लगता कि वह अतीत में पहुँच गया है। और शोभा वही है, वही जिससे कभी उसकी प्यार की बातें नहीं हुईं, पर जो अनायास ही उससे शरमाने लगी थी। शायद उसे पता चल गया था कि उसके पिता ने सुबोध से बातचीत शुरू कर दी है...और शायद अब तक शादी भी हो जाती, अगर सुबोध को कोई दूसरी नौकरी मिल जाती, या अगर सुबोध पहली अच्छी नौकरी न छोड़ता...

सुबोध ने खाना बंद कर दिया। पानी पीकर, हाथ धोने उठा, तो शोभा झट से हाथ धुलाने लगी। उसकी आँखों में विनय-भरी कातरता थी, उसके मुख पर उदासी, पर उसके बालों से सुबास आ रही थी।

जब वह ताँगा लेकर आया, तो शोभा माँ के पास चुप खड़ी थी और माँ उसके सिर पर हाथ फेर रही थी।

रास्ते-भर दोनों चुप रहे। सबसे पहले निर्मला का घर आया, उसके उतर जाने पर शोभा ने आँसू-भरे कंठ से कहा, "आप यहाँ पीछे आ जाइए न !" वह उतरकर पीछे आ गया, तब बोली, "कुछ बोलेंगे नहीं ?"

"क्या कहूँ ?" सुबोध ने उसकी ओर मुड़कर उसे देखते हुए कहा।

शोभा की आँखें छलक रही थीं। पोंछकर कहा, "मैंने तो पिताजी से बहुत कहा।...फिर आखिर मैं क्या करती ?"

"मैं तो कुछ भी नहीं कह रहा हूँ। इस बात को स्वीकार कर लो कि मैं ज़िंदगी में फेलियर हूँ, कम्पलीट फेलियर। कुछ नहीं कर सका ! जैसे मेरी ज़िंदगी में अब फुलस्टाप लग गया है। अब ऐसे ही रहूँगा। तुम्हारे फादर ने ठीक ही किया। तुम सुखी होओगी। प्यार से बड़ी एक और आग होती है, भूख की ! वह आग धीरे-धीरे सब कुछ लील लेती है..."

"आप इतने बिटर क्यों हो गए हैं ?"

"ज़िंदगी ने ही मुझे बिटर बना दिया है", फिर जैसे जागकर ताँगे वाले से कहा, "अरे बड़े मियाँ ! लौटा ले चलो, घर तो पीछे छूट गया।"

शोभा उतरी। कुछ क्षण अनिश्चित-सी खड़ी रही। सुबोध के हाथ बढ़े, पर फिर पीछे लौट आए, "अच्छा, शोभा।"

"नमस्ते", शोभा ने कहा और वह अंदर चली गई। ताँगे में अकेला सुबोध सड़क पर घोड़े की एकरस टापों के शब्द को सुन रहा

था। कभी-कभी ताँगेवाला खाँस उठता और वह खाँसी उसका शरीर झिंझोड़ जाती। अँधेरा...खाँसी...और आखिरी सपने की भी मौत !

सुबह उठकर सुबोध ने सबसे पहले बरामदे में बैठे धोबी को देखा। जितनी देर में उसके लिए चाय बनी, उसने अपने सारे गंदे कपड़े इकट्ठे कर, उनका ढेर लगा दिया। आलमारी में सिर्फ एक साफ कमीज़ बची थी, पीठ पर फटी हुई। उसे ढकने के लिए सुबोध ने कोट पहन लिया। कोट को भी काफी दिनों से धोबी को देने का इरादा था, परंतु अब जब तक धोबी कपड़े लाए, तब तक यही सही।

चाय पीकर वह बाहर चला आया। कोट की जेबों की तलाशी करने पर उँगलियाँ एक इकन्नी से जा टकराईं। पान वाले की दुकान पर सिगरेट खरीदा और जलाकर एक गहरा कश खींचा, और दो-एक जगह रुककर वापस चला। रास्ते में उसे धोबी मिला, और उसने सुबोध को दुबारा सलाम किया।

"कपड़े ज़रा जल्दी लाना, समझे ?" कुछ रोब से सुबोध ने कहा।

"अच्छा बाबूजी," धोबी चला गया।

कमरे में घुसते ही मैले कपड़ों का ढेर उसे वैसे ही दिखाई पड़ा, जैसा कि छोड़ गया था। उसने वहीं रुककर पुकारा, "अम्माँ ! मेरे कपड़े धुलने नहीं गए।"

"पता नहीं, बेटा। वृंदा दे रही थी, उससे कहा भी था कि तुम्हारे भी दे दे..."

सुबोध को न जाने कहाँ का गुस्सा चढ़ आया। चीखकर बोला, "कितने दिनों से गंदे कपड़े पहन रहा हूँ ! पंद्रह दिन में नालायक धोबी आया, तो उसे भी कपड़े नहीं दिए गए। तुम माँ-बेटी चाहती क्या हो ? आज मैं बेकार हूँ, तो मुझसे नौकरों-सा बर्ताव किया जाता है ! लानत

है ऐसी ज़िंदगी पर !"

माँ त्रस्त हो उठी। जब सुबोध का कंठ-स्वर इतना ऊँचा हो गया कि बाहर तक आवाज़ जाने लगी, तो वह रो दी। उसने कुछ कहना चाहा, मगर सुबोध ने अवसर नहीं दिया। कहता गया, "मुझे मुफ्त का नौकर समझ लिया है ? पहले कभी तुमने मुझे यह सब काम करते देखा था ? फिर उसके कंठ की नकल करता हुआ बोला, "घर में तरकारी नहीं है ! वृंदा की सहेलियाँ खाना खाएँगी। उधर हमारी बहन हैं कि हकूमत किया करती हैं ! अब मैं समझ गया हूँ कि मेरी इस घर में क्या कद्र है। मैं आज ही चला जाऊँगा। तुम दोनों चैन से रहना।"

कहता-कहता वह घर से बाहर आ गया। अपनी छटपटाहट में उसके अंदर एक तीव्र विध्वंसक प्रवृत्ति जग उठी थी। उसका मन चाह रहा था कि जो कुछ भी सामने पड़े, उसे तहस-नहस कर डाले। वह चलता गया और उसी धुन में एक साइकिल सवार से टकरा गया। वह गिर पड़ा। उसके ऊपर साइकिल आ गई और वह व्यक्ति सबसे ऊपर। जब उसकी कोहनियाँ खुरदरी सड़क से छिलीं, और एक तीव्र पीड़ा हुई, तो उसका ध्यान बँटा। वह कुछ हक्का-बक्का-सा रह गया। उसने पाया कि उस व्यक्ति ने उससे तकरार नहीं की, अपने कपड़े झाड़े और साइकिल उठाते हुए कहा, "भाई साहब, ज़रा देखकर चला कीजिए। चोट तो नहीं आई।"

अगर वह लड़ता तो उस मूड में शायद सुबोध मार-पीट करने को उतारू हो जाता। पर उसकी अप्रत्याशित विनम्रता से सुबोध ठिठककर रह गया।

जब सुबोध ने उठकर चलने की कोशिश की, तो पाया कि बायाँ पैर सूजने लगा है। लँगड़ाता हुआ वह पार्क की बेंच पर आकर बैठ गया। उसकी दाहिनी कोहनी से खूट टपक रहा था। ज़रा-सा भी हिलने से पैर में तीव्र पीड़ा होने लगती थी। उसने सँभालकर पैर बेंच पर रख

लिया और लेट गया।

अपना ध्यान पीड़ा से हटाने के लिए वह फूलों को देखने लगा। उसकी बेंच के पास ही गुलाब की घनी बेल थी, जिसमें हल्के पीले फूल थे। दर्द बढ़ता जा रहा था। उसने हिलना-डुलना भी बंद कर दिया। कुछ देर स्थिर पड़े रहने से दर्द में विराम हुआ, तो उसके ख्याल फिर सवेरे की घटना पर केंद्रित हो गए।

उसका पैर हिला और दर्द की एक तेज़ लहर उठकर पूरे बायें पैर में व्याप्त हो गई। सुबोध ने ओठ भींच लिए।

जाड़ों की धूप थी पर लोहे की बेंच धीरे-धीरे गरम होती जा रही थी और बेंच का एक उठा हुआ कोना उसकी पीठ में गड़ रहा था। पर वह हिला-डुला नहीं। आँखें खोलकर सड़क की ओर देखा, तो स्कूल जाते हुए बच्चे, साइकिलें, खोमचेवाले...उसने आँखें बंद कर लीं। जब पैर का दर्द कम होता, तो कोहनी छरछराने लगती। पर इस आत्मपीड़न से जैसे उसे कुछ संतोष-सा हो रहा था।

वह कब सो गया, उसे पता नहीं। जब आँखें खुलीं, तो सूरज सर पर था और बेंच तप रही थी। वह उठकर, बायाँ पैर घसीटता और दर्द सहता हुआ छाँह में घास पर लेट गया। उस पर एक बेहोशी-सी छाई जा रही थी। घास का स्पर्श शीतल था, सुखदायी हवा में गुलाब के फूलों की सुबास थी, पर उसे चैन न था।

उसे अचानक माँ का ध्यान आ गया। शायद वह चिंतित दरवाज़े पर खड़ी हो, शायद वह उसके इंतज़ार में भूखी हो। उसने एक लंबी साँस ली और बाँहें सिर के नीचे रख लीं।

दिन कितना लंबा हो गया था कि बीत ही नहीं रहा था। जैसे एक युग के बाद आकाश में एक तारा चमका और फिर अनेक तारे चमक उठे। सुबोध घास से उठकर फिर बेंच पर लेट गया। उसके सिर में भारीपन था, मुँह में कड़वाहट, पैर में जैसे एक भारी पत्थर बँधा था।

सारा दिन हो गया था, पर कोई खोजता हुआ नहीं आया। वृंदा को तो पता था कि वह अक्सर पार्क में बैठा करता है। मगर उसे क्या फिक्र ?

पार्क से लोग उठ-उठकर जाने लगे थे। बच्चे, उनकी आयाएँ, स्वास्थ्य ठीक रखने के लिए घूमने आने वाले प्रौढ़, दो-दो चोटियाँ किए, हँस-हँसकर एक-दूसरे पर गिरती मुहल्ले की लड़कियाँ...पार्क शांत हो गया। हरी घास पर बच गए मूँगफली के छिलके, पुड़ियों के कागज़ के टुकड़े, तोड़े गए फूलों की मरी हुई पंखुड़ियाँ...

तीन फाटक बंद कर लेने के बाद चौकीदार सुबोध की बेंच के पास आकर खड़ा हो गया।

"अब घर जाओ, बाबू, पार्क बंद करने का टेम हो गया।"

बिना कुछ कहे सुबोध उठ गया। दो-एक कदम लड़खड़ाया, फिर चलने लगा। हर बार जब बायाँ पैर रखता, तो दर्द होता। धीरे-धीरे लँगड़ा-लँगड़ाकर वह पार्क से बाहर निकल आया।

दरवाज़ा खुला था। बरामदे में मद्धिम रोशनी थी। चौके में अँधेरा। वह अपने कमरे में आया। कोने में मैले कपड़ों का ढेर था। ढीली चारपाई, दो बिस्तर, तिपाई पर खाना ढँका हुआ रखा था।

सुबोध चारपाई पर बैठ गया, और तिपाई खींचकर लालचियों की तरह जल्दी-जल्दी बड़े-बड़े कौर खाने लगा।

मोहबंध

ऊपर कमरे में अँधेरा-सा हो गया। अचला नीचे चली आई। नीलू के कमरे का दरवाज़ा बन्द था, पर नीचे दरार से प्रकाश बाहर आ रहा था। गैलरी में बिछी मैटिंग से उसके पैरों की आहट दब गई। जब वह बाहर आई तो देखा कि आग के पास, आराम कुरसी पर अधलेटा-सा, तिपाई पर फैलाकर पैर रखे हुए राजन सो रहा है। पास की कुरसी पर नीलू की पश्मीने की शाल लापरवाही से पड़ी हुई थी। उसे हटाते हुए अचला धीरे से बैठ गई। उँगलियों में उँगलियाँ फँसाकर उसपर ठोढ़ी टिका ली और सामने की दीवार देखने लगी। यह रंग की दीवार पर बड़ा-सा चाइनीज़ चित्र था—कुछ देर उसे देखा, नीली झील के ऊपर झुके हुए पेड़, कहीं हलका नीला, कहीं सफेद आकाश। सोते हुए राजन को देख अचला को अचानक नीलू के पत्र की कुछ पँक्तियाँ याद आ गईं। तब नीलू अपना हनीमून मना रही थी, और उसने अचला को लिखा था—

"मैं बनती नहीं, अब तक मेरे जीवन में अनेक व्यक्ति आए और उनमें से कुछ के लिए मैंने थोड़ा-बहुत अनुभव किया ही। पर राजन के लिए मेरे दिल में जो कुछ है, वह उन भावनाओं से बहुत भिन्न और

बहुत व्यापक और गहरा है। मैं उसकी गहराई से स्वयं ही डर जाती हूँ। राजन के सामीप्य के बाद मेरे मन में कुछ कचोटने लगता है कि काश, मैं अछूती और बेदाग इन बाँहों में आती–उन सुंदर और असुंदर चेहरों के प्रेत मुझे घेरा न करते। मैं सच कहती हूँ अचला, अगर कोई दिन ऐसा आया, जबकि मैंने राजन की आँखों में अपने लिए प्यार न पाया, उस दिन मैं मर जाऊँगी–''

अचला ने यह पत्र इतनी बार पढ़ा कि उसे अक्षर-अक्षर याद हो गया। फिर उसके टुकड़े-टुकड़े कर हवा में उड़ा देने पर भी उसे लगता रहा कि जैसे ये अक्षर उसके दिल पर लकीरों की तरह अमिट हो गए हैं।

कोयलों पर राख की पर्तें जमती जा रही थीं, कभी हवा चलती और पेड़ झुक-झुककर एक-दूसरे को छूने लगते। राजन सो रहा था, उसके मुँह पर एक शिशु की तरह सारल्य था।

दौड़ते हुए दो नंगे पैरों की आहट–और फिर अंदर हॉल में नारंगी की आवाज़, ''गाड़ी आ गई है, मेमसाब।'' और दूर से नीलू का स्वर, ''अच्छा।'' कुछ देर में नीलू अंदर आई–अचला को देख हल्का-सा मुस्कराई। नीलू के अंदर आते ही राजन ने आँखें खोल दीं और उठकर बैठते हुए पूछा, ''कहीं जा रही हो ?''

नीलू के सेंट की सुवास से कमरा भर उठा।

''तुम्हें बताया तो था डार्लिंग–आज मीनू देसाई के घर डिनर है। क्लब के वार्षिकोत्सव के लिए प्रोग्राम तय करना है।''

''बताया होगा, याद नहीं। पर जाना क्या ज़रूरी है ? अचला जब से आई है तुम रोज़ कहीं-न-कहीं गायब रहती हो।'' राजन के स्वर में तलखी थी।

''अचला कोई गैर थोड़े ही है। तुम्हें ऐतराज़ है, डियर ?'' उसने अचला की ओर देखा। सदा की तरह नीलू छोटी बच्ची थी जिसे कोई कुछ देना अस्वीकार नहीं कर पाता।

"नहीं नीलू, मैं जानती हूँ कि तुम बहुत व्यस्त हो।" मोरपंखी नीले रंग की सिल्क की साड़ी के चौड़े ज़री बार्डर को गोरी उँगलियों से ठीक करती नीलू ने राजन को मनाते हुए कहा, "मैं जल्दी आने की कोशिश करूँगी। तुम अचला का ध्यान रखना, अच्छा जाती हूँ।"

पर राजन ने मुँह फेर लिया और नीचे गिरी हुई पत्रिका उठाकर देखने लगा। नीलू एक पल ठिठकी, फिर कमरे से निकल आई। अचला उसके साथ आई। नीलू ने विचारपूर्ण मुद्रा से कहा, "राजन को न जाने क्या हो गया है। यों ही नाराज़ होते रहते हैं। कितने दिन पहले से कह रखा था कि आज मुझे जाना है, अपना कुछ प्रोग्राम बना लेते। हफ्तों से क्लब नहीं गए हैं। जब से तुम आई हो कभी उन्हें कहीं जाते देखा है ?" फिर प्यार से कहा, "तुम्हारा सिरदर्द अब कैसा है ? अपने को ज़्यादा मत थकाना।"

अचला उसके कानों में पड़ी हुई लंबी-लंबी मोती की लड़ियों को देख रही थी। उसकी कल्पना दो कदम आगे बढ़ गई—मिस्टर देसाई की आँखों की हसरत, मीनू देसाई की आँखों में ईर्ष्या—जो उसे नहीं जानते थे वे आपस में काना-फूसी करते थे—"वह कौन है, वह सुंदर युवती ?" वह मिसेज़ राजन हैं—"राजन एक लखपती मिल-मालिक का लड़का है। वह किसी महारानी की तरह लगती है।" ओठों की लालिमा, मोतियों की आब—दक्षिणी सिल्क की साड़ी से झलकती शरीर की कमनीय रेखाएँ।

कार चली गई। जाने के बाद भी अचला बाहर ही खड़ी रही, हवा में ठण्डक थी, तारों में चमक—उसकी साँसों में नीलू की सुगंध थी—और उसका दिल बुझा हुआ—न कामना, न ईर्ष्या, न दर्द। लान के कोने में युकैलिप्टस के दो बड़े-बड़े पेड़ अँधेरे में सिर ऊँचा किए खड़े थे—और दिन में लाल दीखने वाले गुलाब काले पड़ गए थे। अचला का सिर फिर दुखने लगा और वह अंदर वापस आ गई। खुले में बिना ओढ़े खड़े-खड़े

उसके हाथ ठण्डे हो गए थे, झुककर वह कोयलों के पास बैठ गई। राजन कमरे में नहीं था--वह कब आया, अचला ने नहीं जाना, उसे तो राजन की उपस्थिति का पता तब चला जब उसने नीलू की शाल अचला के कन्धे पर डाल दी। पश्मीने का नरम स्पर्श और गर्मी--वह चौंक पड़ी। पर जब राजन ने उसका चेहरा देखा तो पूछा, "क्या बात है ? सिर दर्द अभी भी हो रहा है ?" अचला ने स्वीकृति में सिर हिलाया।

"अपने कमरे में आराम करो। मैं नारंगी को भेजता हूँ। सिर दबा देगी।"

अचला शाल उतारकर रखने लगी। राजन ने कहा--"ओढ़े रहो, ऊपर जाकर भेज देना।"

नारंगी नीलू की आया की लड़की थी। अचला का सिर दबाते-दबाते वह बातें करती रही और अचला आँख बंद किए 'हूँ--हाँ--' करती रही। उसे रह-रहकर यह खयाल आ रहा था कि इतने बड़े डाइनिंग रूम में राजन अकेले ही खाना खा रहा होगा।

अचला को लगता है कि जीवन ऐसे ही बीत जाएगा--और एक दिन मौत भी द्वार पर आ खड़ी होगी। उस अंतिम क्षण अपनी ज़िंदगी पर दृष्टि डालकर उसे लगेगा कि वह जैसे रोती-रोती आई थी, वैसे ही जा रही है। सूखे फूलों-सी, पुराने प्रेम-पत्रों के पीले पड़े कागज़-सी कुछ स्मृतियाँ लिए हुए चली जाएगी। अचला के देखते-देखते ही सुजाता की शादी हुई, दो बच्चे हुए--और वह अचला से कहती रहती है--ज़िंदगी बहुत छोटी है, बहुत मूल्यवान् है...भविष्य की ओर देखो, नारी की सृष्टि इसलिए नहीं हुई कि वह पुरुषों की समानता कर, लड़कियों को अर्थशास्त्र पढ़ाते-पढ़ाते काट दी जाए। सुजाता ने अचला के लिए एक सुयोग्य पात्र भी ढूँढ़ रखा था, पर अचला को लगता है कि उसके दिल

में जो कुछ भी था, चुक गया है—अब वह कुछ महसूस नहीं कर पाती—साँसें आती हैं, दिल धड़कता है, ज़िंदगी समाप्त हो गई है।

नीचे पोर्च में कार रुकने की आवाज़ आई। नीलू अब डिनर से लौटी थी। अचला ने अँधेरे में चमकती घड़ी की सूइयों को देखा, एक बजा था। उसके कमरे के आगे से दो जोड़ी पैर गुज़र गए। नाराज़ होने के बावजूद भी शायद राजन अभी तक नीचे बैठी नीलू का इंतज़ार कर रहा था।

अचला का मन छटपटाने लगा, किसी को इतना अनुराग, सुख और मान, किसी के भाग्य में कुछ नहीं, रूप जीत जाए, प्यार हार जाए, उसने कंबल खींचकर अपना शरीर ढँक लिया। सोने की चूड़ियों के बीच पड़ी दो काँच की चूड़ियाँ खन्न से बोलीं और बहुत दिनों पहले का एक सपना, एक याद दबे पाँव उसकी आँखों के आगे आकर खड़ी हो गई। अचला को लगा कि नीलू उसके पास ही पलंग पर लेटी है। कमरे में अँधेरा है, दोनों जाग रही हैं, पर दोनों मौन हैं। कमरे की खिड़की से बाहर इमली का पेड़ दिखाई दे रहा है और उसके पीछे धीरे-धीरे थका चाँद अकेला आकाश का रास्ता पार कर रहा है। अचला ने मुँह में आँचल दबा रखा है—नीरव अश्रु उसकी कनपटियों से होकर तकिये पर गिर रहे हैं—निःशब्द क्रंदन से उसका शरीर काँप रहा है। नीलू ने कुछ देर बाहर से आकर कपड़े बदले हैं—पन्ने के रंग की हरी साड़ी का पल्ला अब भी कभी-कभी हिल उठता है। और नीलू के तकिये के नीचे एक पत्र है—"मुझे इस बात की खुशी है कि मुझे प्यार भी मिला तो तुम्हारी-सी सुंदर लड़की का—" लिपि देवेंद्र की है, पत्र नीलू के लिए। अचला मौन रो रही है, नीलू चुप है। रोज़ की तरह उसने लौटकर अचला से शाम की अपने साथी की बातें नहीं की हैं। पर अचला को मालूम था कि वह देवेंद्र के साथ बाहर गई थी।

देवेन्द्र ने सहसा अचला की बाँह कसकर पकड़ ली और कहा, वह कौन है अचला ? उधर देखो, तुम्हें वेव कर रही हैं।''

अचला ने हाथ हिलाकर, उत्तर में वेव करते हुए मुसकराकर कहा, ''नीलू–मेरे ही कमरे में रहती हैं।''

शहर में कुछ इंगलिश एक्टर्स आए थे और वह उस रात शेक्सपियर का एक नाटक कर रहे थे। सदा की तरह अचला देवेंद्र के साथ आई थी और नीलू अपने मित्र कुँवर इंद्रजीत के साथ बिलकुल आगे रिज़र्व सीट्स में बैठी थी।

''तो यह हैं तुम्हारी नीलू !'' देवेंद्र ने प्रोग्राम से दृष्टि हटाकर एक बार फिर नीलू की ओर देखा। कटे हुए बालों के फैशन के बावजूद भी नीलू के बाल लंबे थे–और इस समय उसने जूड़े में चाँदी का बड़ा-सा आभूषण लगा रखा था, जिसमें छोटे-छोटे घुँघरू लटक रहे थे। वह शौकिंग पिंक रंग की साड़ी पर काली शाल ओढ़े थी। इंटरवल में अचला ने देवेंद्र का परिचय उससे कराया। कुँवर इंद्रजीत के पास मर्सीडीज़ कार थी, पर वह नाटे और भारी शरीर के थे। देवेंद्र लंबा था, दुबला–अब तक वह बराबर यूनिवर्सिटी में प्रथम आता रहा था, उसकी थीसिस की काफी चर्चा हुई थी, अचला को नीलू पर भी गर्व था, देवेंद्र पर भी। इंटरवल खत्म होने के बाद जब लौटने लगे तो देवेंद्र ने कहा, ''अब तो आपसे मुलाकात होती रहेगी।''

नीलू मुसकराई, ''हाँ क्यों नहीं। अचला आपका ज़िक्र तो हर दफा करती थी, अगर आज यहाँ न मिलते तो शायद शादी में ही मिलते।''

''किसकी शादी डियर ?'' कुँवर इंद्रजीत पूछ बैठे।

''अचला की।'' नीलू अचला की ओर देखकर शरारत से हँसी।

''बड़ी खराब है नीलू !'' वापस अपनी सीट पर बैठकर अचला ने देवेंद्र से कहा। पर देवेंद्र ने कहा, ''तुमने ऐसा क्यों कहा नीलू ? अभी

तो कुछ भी निश्चय नहीं है।"

नीलू अपने मुँह पर कोल्ड क्रीम लगाते हुए बोली, "बनो मत। जब से देवेंद्र की यूनिवर्सिटी में नियुक्ति हो गई है, हवा में उड़ती रहती हो। मुझे बहुत अच्छे लगे तुम्हारे देवेंद्र—तुम बहुत सुखी रहोगी।"

"सच नीलू ? मुझे विश्वास नहीं होता। अभी तक उन्होंने कुछ भी नहीं कहा।"

"पगली। साल-भर से रोज़ हाज़िरी देते हैं—घंटों बातें करते हैं—तो क्या यह सब केवल बौद्धिक मैत्री है !" नीलू ने अचला के दिल के कोनों में दुबकी विभिन्न आशंकाओं को सुनने से इनकार कर दिया। पर अचला सोचती रही। विवाह में तो कोई बाधा थी नहीं, उसके अपने एक वृद्ध पिता थे, देवेंद्र भी घर में सबसे लाड़ला था। ऊपर से कुछ भी कहे, मगर अचला ने मन-ही-मन देवेंद्र का घर सजाने की योजनाएँ बना ली थीं, आगे जो थोड़ी-सी ऊबड़-खाबड़ ज़मीन पड़ी थी, उसमें बाग लगाने का मन था, नील काँटे की बाड़, एक गोल घेरे में गुलाब, सामने की दीवार पर चढ़ती हुई कुबेराक्षी की लतर, और फाटक के इधर-उधर इंद्रबेला के गुंबज। बेले के कुछ पेड़, जिसके फूल वेणी में लगाए जा सकें—उसने यह भी निश्चय कर लिया था कि अगर इन्हीं गर्मियों में देवेंद्र विवाह करने को कहेगा तो वह फिर आगे फाइनल नहीं करेगी और वह जानती थी कि वह देवेंद्र के साथ बहुत सुखी होगी। साल-भर पहले जब से लाइब्रेरी में देवेंद्र से उसका परिचय हुआ था, करीब-करीब हर शाम देवेंद्र ने उसके साथ बिताई थी। अगर कभी आ न सका, तो फोन अवश्य किया। कहीं शहर से बाहर गया तो उसे बराबर पत्र लिखता रहा। चाहे वह देवेंद्र के साथ किसी शानदार रेस्ट्राँ में हो, या शाम के धुँधलके में यूनिवर्सिटी के पास निर्जन सड़कों पर टहलती हो, अचला की आँखें एक अलौकिक आंतरिक उल्लास से दीप्त रहती थीं। उसे लगता कि नैकट्य के इन क्षणों में उनपर इंद्रधनुष के रंग बरसते हैं, तारक धूलि

झरती रहती है और जो कुछ उसने पाया है, वह अत्यंत सुकुमार और स्पृहणीय है।

इसी तरह एक बार सिनेमा से लौटते हुए अचला ने कहा, "अगले हफ्ते एक बड़ी अच्छी फिल्म आ रही है। उपन्यास मैंने पढ़ रखा है, चलेंगे न ?" कुछ क्षण चुप रहकर देवेंद्र ने कहा, "मुझे इधर बहुत काम है अचला। शायद अब मैं काफी दिनों तक बाहर न आ-जा सकूँ। और तुम्हें भी तो पढ़ना होगा।" अचला का एकदम फीका पड़ गया मुख देखकर उसने हलकी-सी मुस्कान से कहा, "मैं महसूस करता हूँ कि मैंने तुम्हारे मूल्यवान् समय का बहुत बड़ा हिस्सा बरबाद कर दिया। मैं नहीं चाहता कि मेरे कारण तुम अपनी प्रथम श्रेणी खोओ। अभी कुछ महीने हैं—कसकर पढ़ लो।"

अचला दाँतों से ओठ काटती हुई चुप रही। उसे स्वयं याद आ रहा था कि वह पढ़ाई में कितनी पिछड़ गई है।

"मैं तुमसे मिलता रहूँगा, मगर रोज़ नहीं। मुझे उम्मीद है कि तुम समझोगी, अचला।"

अचला अपने आँसुओं से लड़ रही थी। न जाने क्यों उसके आगे सहसा अंधकार-सा हो गया था। उसने कहना चाहा कि वह प्रथम श्रेणी नहीं चाहती, पर साथ ही उसे यह भी लग आया कि देवेंद्र यह नहीं समझेगा।

पर उसके बाद उसने किताबों की गर्द झाड़ी, पढ़ने का टाइमटेबिल बनाया और अर्थशास्त्र की मोटी, नीरस किताबों में अपने को डुबाना चाहा। पर अक्सर उसका ध्यान भटक जाता और उन्मन हो पेंसिल दाँत से चबाती हुई वह बाहर देखने लगती। उसे शाम को भी पढ़ते देख नीलू ने कोई प्रश्न नहीं पूछा, इसपर कभी-कभी उसे आश्चर्य होता। नीलू हमेशा की तरह शाम को तैयार होकर बाहर जाती, पर कुँवर इंद्रजीत की कार कम ही दिखाई देती।

पत्ते झरते रहे, सूनी, उदास हवा निर्जन सड़कों पर भटकती रही, अचला का मुख पीला होता गया। उसका जीवन एक लंबी प्रतीक्षा बन गया था—उस पदचाप के लिए, जो सुनाई नहीं पड़ी; पत्र, जो नहीं आया; फोन, जिसकी घण्टी कभी उसके लिए नहीं बजी, और एक दिन पास के कमरे की सुजाता उसके पास आकर बैठ गई और धीरे से बोली, "आज देवेंद्र का फोन आया था।"

चौंककर अचला ने कहा, "कब ? मुझे क्यों नहीं बताया ?"

"नीलू के लिए था।"

अचला अविश्वास से सुजाता की ओर देखती रह गई। फिर कहा, "क्या तुम्हें पक्का मालूम है ?"

सुजाता ने उसका चेहरा देखकर आँखें झुका लीं—फिर कहा, "नहीं किसी और का होगा—मैंने फोन उठाया तो मुझे पहचानी-सी आवाज़ लगी, तो मैंने सोचा। मगर देवेंद्र क्यों नीलू को फोन करेंगे ?"

"यही तो मैं भी सोच रही थी।"

उस रात नीलू लौटी तो अचला ने कहा, "नीलू, तुम्हें देवेंद्र ने फोन किया था ?"

जूड़े से काँटे निकालते हुए नीलू के हाथ स्थिर हो गए—"क्यों ?"

"यों ही पूछा मैंने।"

"नहीं तो," नीलू ने अचला की ओर नहीं देखा।

"सुजाता को भ्रम हुआ होगा। मैं सारी शाम इसी उलझन में पड़ी रही। तुम कहाँ गई थीं ?"

"कहीं नहीं—ज़रा-सा इधर-उधर।"

नीलू तौलिया लेकर बाहर चली गई, और जब बहुत देर में आई तो अचला सो चुकी थी।

कुछ दिन बाद अचला को कुछ डाक टिकटों की ज़रूरत पड़ी तो नीलू की आलमारी खोलकर उसने हमेशा की तरह टिकट ले लिए। जब

लेटरपैड रख रही थी, तब एक लिफाफा उसके पैरों के पास आ गिरा। झुककर उठाते हुए उसने देवेंद्र की लिपि पहचान ली। बिना कुछ सोचे हुए वह पढ़ने लगी—पहले उसे अपने पर विश्वास न हुआ और जब विश्वास हुआ तो कितनी ही छोटी-छोटी बातें, जो उसे परेशान करती रही थीं, एकाएक स्पष्ट हो गईं—नीलू, सुजाता, देवेंद्र...'और मुझे प्यार भी मिला तो तुम्हारी-सी सुंदर लड़की का' देवेंद्र ने लिखा था। होस्टल के पीछे बाँसों के पेड़ थे—उन्हीं की पीली, चुभीली पत्तियों पर अचला जाकर औंधी पड़ गई। हवा में बाँस सरसराते रहे—एक अज्ञात पक्षी रह-रहकर बोल पड़ता, पर उसके उत्तर में कोई और आवाज़ नहीं आती।

अचला को सुजाता ज़बर्दस्ती बाज़ार ले गई थी। लौटकर वह थकी हुई, कमरे के आगे की सीढ़ियों पर—खंभे की आड़ में बैठ गई थी—तभी कमरे का पर्दा हिला, और देवेंद्र तेज़ी से बाहर आया—उसका मुख देखकर अचला का दर्द फिर हरा हो आया। हलका-सा अँधेरा था, मगर फिर भी उसे लगा कि देवेंद्र की आँखों में आँसू हैं। आँधी की तरह जब देवेंद्र सीधा देखता हुआ उसके पास से गुज़रा तो अचला के कंठ से रुँधी हुई पुकार निकली, 'देवेन' और उसने उठना चाहा—पर सुजाता ने कसकर उसकी बाँह पकड़ ली और जब तक अचला ने अपने को छुड़ा पाया, तब तक देवेंद्र गेट से बाहर जा चुका था। अचला की गोद में रखा और उठने से गिर गया ओवल्टीन का डिब्बा, हर सीढ़ी से टकराकर ठक-ठक करता हुआ नीचे आ गिरा। अचला की चीख निकलने से पहले ही सुजाता ने मुँह पर हाथ रख दिया और उसे अपने कमरे में जाकर लिटा दिया। उस दिन के बाद अचला ने देवेंद्र को फिर नहीं देखा।

डॉक्टर ने राय दी कि अचला को घर चला जाना चाहिए, क्योंकि वह नर्वस ब्रेकडाउन की सीमा पर थी। जिस सुबह वह जा रही थी,

उससे एक रात पहले नीलू, सुजाता के कमरे में, अचला के पास झिझकती हुई आई थी। बिना कुछ कहे उसने अचला के पलंग की पट्टी पर सिर रख लिया और बच्चों की तरह रोने लगी।

"मेरा कुछ दोष नहीं था अचला—मेरी बात पर विश्वास करो..." टूटे शब्दों में वह कह पाई।

अचला के जाने के बाद भी नीलू उसे पत्र लिखती रही। आगे उसने नहीं पढ़ा और अपने माता-पिता के साथ वह विदेश-भ्रमण को चली गई। अचला ने उसके बाद दूसरी यूनिवर्सिटी से एम.ए. किया—उसके पिता बहुत चाहते रहे कि उसका विवाह कर दें पर अचला ने नहीं माना। अब छह-सात साल बाद उसका अपना छोटा-सा घर था, गुलाब भी थे और नील काँटा भी। पर बेले के फूल वेणी में नहीं लगाए जाते थे, खिलते थे और झर जाते थे।

अगली सुबह जब राजन नाश्ते के लिए नीचे आया तो नीलू नाश्ता खत्म कर कॉफी पी रही थी। उसने सफेद रंग की सिल्क की साड़ी पहन रखी थी और गहरे नीले रंग का शाल ओढ़ा हुआ था। वह सुबह के फूलों-सी ताज़ी लग रही थी, टोस्ट पर जेम लगाते हुए राजन ने पूछा, "आज का क्या प्रोग्राम है ?" और पहले नीलू, फिर अचला की ओर देखा—अचला का मुँह कुम्हलाया हुआ था और उसकी आँखों के नीचे काली परछाइयाँ थीं।

"आज किशनपुर जाना है।" नीलू ने अपराधी जैसी मुद्रा से कहा।

"ओ-ऽ-ऽ" राजन ने कहा, फिर अचला से कहा, "देखा न, हमारी नीलू कितनी व्यस्त रहती है। कभी क्लब का डिनर है, कभी कल्याण-कार्य के लिए किसी पिछड़े गाँव में जाना है, कभी विमेन्स लीग की मीटिंग है।

अगर नीलू और इनकी तरह अकर्मण्य साथिनें यह सब न करें तो देश का उद्धार कैसे हो ?''

''तुम समझने की कोशिश क्यों नहीं करते, राजन ! मैं एक दायरे में बँधकर नहीं रह सकती,'' नीलू ने कहा।

''तुम्हारा घर में रहना बंधन है ?'' राजन ने पूछा। स्थिति गंभीर होती जा रही थी। नीलू ने राजन की रोषभरी मुद्रा को देखकर, कुछ फीकी हँसी हँसते हुए अचला से कहा, ''यह चाहते हैं कि मैं घर में रहूँ। कुत्ते पालूँ, बाग देखूँ और परचर्चा करूँ जैसे कि सब करते हैं। मुझसे नहीं होता। बेहद ऊब जाती हूँ।''

फिर उसकी नज़र घड़ी पर गई, उठती हुई बोली, ''मैंने मिसेज़ कादिर को आठ बजे उनके घर से लेने को कहा था। आठ तो यहीं बज गए।'' जाने से पहले उसने अनुनय-भरी दृष्टि राजन पर डालकर कहा, ''कल से मैं कहीं नहीं जाऊँगी। सच। फिर घर में अचला भी तो है। तुम अकेले तो नहीं हो।'' राजन चुपचाप अपनी कॉफी पीने लगा, उसने नीलू की बात की उपेक्षा कर दी। एक क्षण खड़े रहने के बाद नीलू चली गई। कार स्टार्ट हुई और चली गई। डाइनिंग रूम में निस्तब्धता रही। फिर राजन ने पूछा, ''अब सिरदर्द कैसा है ?''

''सुबह तो कम रहता है। दोपहर को बढ़ जाता है।'' अचला ने कहा।

फिर मौन। फिर राजन बोला, ''नीलू इतनी व्यस्त रहने लगी है कि मैं अकसर बिलकुल अकेला रह जाता हूँ। मुझे लगता ही नहीं कि घर में मेरी पत्नी भी है।''

''आप भी क्लब चले जाया कीजिए,'' पिछली रात की बात याद कर अचला ने कहा।

''जब सोचता हूँ कि लौटकर इसी अकेले घर में आना पड़ेगा तो कहीं जाने का मन नहीं होता।'' फिर कुछ रुककर पूछा, ''अचला, क्या

नीलू को मैंने बहुत स्वतंत्रता दे रखी है ?''

उस प्रश्न पर अचला ने कुछ मुसकराकर कहा, ''नीलू को अगर आप बाँधकर रखेंगे तो वह नीलू नहीं रहेगी।''

''नहीं, दोष मेरा ही है। मैंने शुरू से ही उसे बहुत बिगाड़ दिया। जो उसने चाहा, दिया, कभी राह में नहीं आया। पर अब सोचता हूँ कि मैंने ठीक नहीं किया।'' फिर अपने को ही समझाते हुए बोला, ''मगर नीलू की इच्छाओं की अवज्ञा करता भी तो कैसे ? मैं सबल, समर्थ होने के मद में रहा और वह अवश बनती हुई, जो चाहती करती गई।''

राजन ने अचला की ओर देखा, उसके ओठ, विद्रूपमय मुस्कान से कुटिल हो आए।

''और अब मैं सिर्फ वह व्यक्ति हूँ, जो उसे शान-शौकत में रख सकता है। मेरा काम तो बस, उसके नाम आए लंबे बिल चुकाना है। मैं उसके जीवन में गौण हो गया हूँ।''

''जहाँ तक नीलू का प्रश्न है, उसके आगे सभी गौण हो जाते हैं,'' अचला ने कहा।

अचला की बात की ध्वनि से राजन चौंका।

दोनों हाथों की उँगलियों को एक-दूसरे में फँसाकर, तीक्ष्ण दृष्टि से अचला को देखते हुए उसने कहा, ''मुझे सब मालूम है और उसके लिए मैं नीलू को दोषी ठहराता हूँ।''

''शायद नीलू का दोष इतना न था, जितना''—अचला नाम लेने से पहले एक पल रुकी, ''कि देवेन का।''

''पर अचला। इस वक्त कह ही दूँगा क्योंकि यह बहुत दिनों से सोचता आया हूँ—वह यह कि तुम क्यों डिकेंस की पात्री मिस हैविशम की तरह ज़िंदगी नष्ट कर रही हो। उसी अतीत में रहकर, स्मृतियों के घेरे में भटकती हुई देवेंद्र-से दुर्बल मनुष्य के लिए इतना सब—क्यों ?''

सोच में डूबी हुई अचला ने कहा, ''क्योंकि दुर्बल तो मैं भी हूँ।

अपने दर्द से मोह-सा हो गया है।" उसकी उँगलियाँ चम्मच को निरुद्देश्य घुमा-फिरा रही थीं।

"यह बेकार बात है," राजन ने बड़ी ही स्पष्टवादिता से कहा।

अचला ने चौंकी हुई आँखें उठाईं और बहुत धीरे से कहा, "और—मैं फिर आहत नहीं होना चाहती। मुझे डर लगता है।"

चौंकने की बारी राजन की थी, "डर लगता है ? पर सभी पुरुष देवेंद्र नहीं होते। ज़रा सोचो, जीवन की लहर तुम्हारे पास से टकरा-टकराकर लौटी जा रही है और तुम किनारे खड़ी हो। तुम्हारे साथ समस्या यह है कि तुम सोचती बहुत हो। सोचो मत और सीधे, बेझिझक नदी में कूद जाओ।"

"डूबने के लिए ?"

"उहुँक। बचने के लिए। जियो तो पूरी तरह जियो, हर क्षण जियो।"

"पर मैं तो निर्जीव हूँ—पूरी तरह मृत।"

चुप राजन अचला की ओर सीधी अविचल दृष्टि से देखने लगा। अचला के हाथ एक असहाय मुद्रा में उठकर गिरे और उसने बहुत विवशता-भरे ढंग से कहा, "हाँ, सच..."

"तुम्हारे लिए देवेंद्र उपयुक्त नहीं था। तुम्हें चाहिए एक ऐसा पुरुष, जो तुम्हें समझ सके, तुम्हारी कमज़ोरी को अपना बल दे। तुम्हारे शब्दों में, तुम्हें प्राणदान दे। जब तुम ऐसे व्यक्ति से मिलोगी, तो तुम अपने-आप उसे पहचान लोगी। तुम्हारे यह बदलते हुए मूड, सिरदर्द, सब यों, चुटकी बजाते हुए गायब हो जाएँगे। अच्छा, हटाओ इन सब बातों को। आज पिकनिक पर चलोगी ?"

"पिकनिक पर ?" चम्मच छोड़ अचकचाकर अचला ने पूछा।

"हाँ, पिकनिक पर।" राजन अचला के अचानक यों पकड़े जाने पर मुसकरा उठा।

"पिकनिक पर तो मैं बरसों से नहीं गई।"

"तभी तो।"

अचला कमरे में लौटी। राजन की बातों से उसे सहसा, जो धक्का-सा लगा था, उससे वह अभी सम्हल नहीं पा रही थी। राजन को वह कितना सीधा, भिन्न प्रकार का व्यक्ति समझे थी। राजन ने उसे इस तरह देखा-परखा है, इसपर उसे आश्चर्य था। उस मुस्कराते बाह्य के पीछे इतना समझने वाला व्यक्ति है, उसकी इतनी सूक्ष्म अंतर्दृष्टि है ? उसने नई दृष्टि से, राजन की दृष्टि से, अपने को देखा। उसे राजन की इस स्पष्टवादिता पर थोड़ा-सा रोष हो आया। और उसी मनःस्थिति में उसने कपड़ों की तह में दबी एक चटक रंग की साड़ी निकालकर पहन ली। बालों को बाँधा, माथे पर गोल बड़ी-सी कुमकुम की बिंदी लगाई। आए कहीं के मिस हैविशम कहने वाले जैसे सिर्फ उनकी नीलू खूबसूरत है। अचला एक क्षण रुक गई, कितना अपरिचित-सा लग रहा था उसका चेहरा—और उतने ही अचीन्हे थे रोष और राजन को गलत प्रमाणित कर देने के वह भाव।

राजन ने उसे ऊपर से नीचे तक देखा, कार में बैठने से पहले गुलाब की एक कली तोड़कर उसे पकड़ा दी। अचला देर तक उसे सूँघती रही और फिर बालों में लगा ली। न उसने पूछा, न राजन ने बताया कि वह कहाँ जा रहे हैं।

तीव्र गति से जाती कार में अचला का मन उड़ने लगा। मन हो आया कि कार चलती ही रहे, बाल उड़-उड़कर माथे पर आते जाएँ, हवा गालों, गले को गुदगुदाती रहे, साड़ी का आँचल रह-रहकर फड़फड़ा जाए। उस क्षण अचला वर्षों की निद्रा के बाद धीरे-धीरे जागी, कुहासा भेदकर उसकी आच्छन्न चेतना लौटी। उसे लगा कि उसका हर रोम फिर से साँसें लेने लगा है। वह जीवित है। उसने मुड़कर राजन को देखा। पहली बार देखा एक नए बोध से राजन का गोरा चेहरा; माथे से ऊपर

सँवारे गए बाल, उसकी घनी भौंहें, सामने सड़क को देखती सीधी आँखें—उसकी नाक, उसके ओठ, उसकी ठोढ़ी में हलके-से गढ़े का आभास, उसकी कमीज़ का बढ़िया कालर, उसकी मेरून टाई, स्टीयरिंग व्हील पर रखे हाथ, लंबे गोल नाखून, उँगलियाँ—बायीं कलाई में घड़ी, जिसकी सेकण्ड की सुई अचला के हृदय की गति के साथ आगे बढ़ रही थी। बहुत बरसों बाद अचला ने किसी पुरुष को इस तरह देखा।

"इतने गौर से क्या देख रही हो, अचला ?" राजन ने पूछ दिया।

अचला हड़बड़ा गई, "आपके माथे पर यह दाग कैसा है ?"

"बचपन में गिर पड़ा था। बहुत शैतान था मैं।" राजन ने बताया। कुतुबमीनार के पास पहुँचकर राजन ने कार रोकी। एक छायादार वृक्ष के नीचे राजन ने सामान उतारकर रख दिया। छोटी-सी शतरंजी बिछाकर अचला ने खाने का सामान लगा दिया। कई तरह के सैण्डविच, फल, मेवे। थर्मस में गर्म कॉफी। खा-पीकर राजन कुछ दूर टहलता हुआ निकल गया और सामान समेटकर एक किनारे रख अचला वहीं लेट गई, बाँह का तकिया लगाकर। अधखुली आँखों से नीला आकाश, कुतुबमीनार पर चढ़ते बच्चे देखती रही। पत्तों से छनकर आती धूप उसके शरीर को हलका-हलका सेंक रही थी। अचला के मन की गाँठों का कसाव ढीला होने लगा। उसने मानसिक कपाट बंद कर लिए और उस क्षण कुछ भी न सोचना चाहा। कि इसी तरह हरी घास पर, लेटी रहे। मन सोए, पर इंद्रियाँ जागें—आँखें देखती रहें आकाश का नीलापन, कुतुबमीनार की ईंटों की लाली। बच्चों का शोर, सड़क से गुज़रती भारी बसों की घर्र-घर्र कानों में पड़ती रहे। हाथ दुखने लगा तो उसने बिना सोचे ही, पास में उतारकर रखा राजन का कोट सिर के नीचे लगा लिया। करवट ली, तो उसकी साँसों में बरसों बाद पुरुष-शरीर की अपनी विशिष्ट गंध भर गई, तंबाकू, पसीने और अनाम हलकी-सी सुगंध, सूखी धरती पर पानी की पहली बौछार-सी चिर प्रिय, चिर नूतन।

अचला को जैसे किसी भूले गीत की कड़ी याद आ गई। उसके आगे फिर देवेंद्र आ खड़ा हुआ, वह झटके से उठ बैठी। राजन का कोट ठीक से तह किया। बाल ठीक किए और साड़ी की सलवटें मिटाने लगी। तब तक राजन भी आ गया। उसे तैयार देखकर पूछा, "वापस चलें ?"

"चलिए।" अचला उठ खड़ी हुई।

दोनों के मध्य में सुखद मौन था, बिना कहे, बिना जाने, दोनों के संबंध में कुछ परिवर्तन आ गया था। न राजन नीलू का पति मात्र रहा था, न अचला नीलू की मित्र। नीलू को बीच से हटा, दोनों एक-दूसरे को पहचान रहे थे।

बदली फिर घिर आई। लगातार कई दिन से रह-रहकर ऐसे ही बादल बरसते जा रहे थे, थोड़ी बूँदें पड़ जातीं। ठण्डक बढ़ जाती। थकी नीलू अपने कमरे में सो रही थी। अचला ने उसकी शाल उठाकर ओढ़ ली और बाहर चली आई। ठण्डी हवा के झोंके से पहले तो उसके रोएँ खड़े हो गए, पर बाद में उसे वह स्पर्श बहुत प्रीतिकर लग उठा। हल्की-हल्की बूँदें पड़ रही थीं। अचला ने मुँह ऊपर किया—बूँदें कभी माथे, कभी आँखों पर आ-आकर गिरने लगीं। कहीं कुछ शब्द न था, केवल पत्ती की सरसराहट और अचला के अपने दिल की धड़कन। अचला ने कंधों पर शाल कस ली—पर उसका मन हो रहा था कि यों ही खड़ी-खड़ी भीगती रहे—

"अचला—" पीछे से राजन का कण्ठ सुन वह चौंकी। "क्या कर रही हो अचला ?"

"टहल रही हूँ।"

"इस पानी में ? सर्दी लग जाएगी।"

"आप भी तो बूँदों में खड़े हैं।"

"मेरी बात कुछ और है।"

"और क्या ?"

"मैं पुरुष हूँ। स्वस्थ और सबल।"

अचला मुस्कराई, "बड़े स्वस्थ और सबल। मैं कौन कम हूँ ?"

"वह तो मैं जानता हूँ।" राजन के स्वर से चौंक अचला उसे अविश्वास से देखती रह गई, फिर वह मुड़ी और घर की ओर चलने लगी।

"बस—इतने से ही डर गईं। देख लिया तुम्हारा साहस"—राजन ने हँसकर कहा। अचला ने पाया, वातावरण का तनाव अचानक ही कम हो गया है।

"चैलेंज कर रहे हैं। चलिए, उस खंभे तक चलेंगे।"

"चलो।"

हवा का वेग अचानक ही बढ़ गया। अचला की शाल का कोना बार-बार उड़ने लगा। उसकी धोती बार-बार पैरों में उलझने लगी। सड़क पर अँधेरा-सा था, कभी-कभी कोई मोटर या टैक्सी निकल जाती। बिजली के खंभे तक पहुँचते अचला थक गई। दिन में पेड़ के नीचे एक लड़का साइकिलों की मरम्मत किया करता था। इस वक्त भी उसकी बेंच रखी थी और पेड़ के नीचे होने के कारण अपेक्षाकृत सूखी थी। अचला उसी पर बैठ गई। राजन ने उस बेंच को दृढ़ रखने के लिए अपना पैर उठाकर रख लिया। कुछ दूर खंभे का प्रकाश अचला के भीगे मुँह पर पड़ रहा था। अचला अपना मुँह पोंछने लगी। राजन ने देखा—उसके पीले गालों पर झुकी पलकें और बरौनियों की वक्र पंक्ति, उसके चेहरे की आर्द्र स्निग्धता।

"एक बात कहूँ, अचला ?"

"कहिए।" उसने आँखें ऊपर कर राजन को देखा।

"तुम्हें कभी किसी ने बताया है कि तुम सुंदर हो ?"

अचला ने उसकी आँखों में जो पाया उससे वह स्तब्ध, मौन रह गई।

"तुम सुंदर हो, अचला। बहुत सुंदर।" राजन ने कहा।

उसकी प्रतिध्वनि-सा एक दूसरा कण्ठ कह उठा, "नीलू, मुझे प्यार भी मिला तो तुम्हारी-सी सुंदर लड़की का–"

अचला ने ओठ भींच लिए। राजन ने एक बहुत सुंदर क्षण के जादू को तोड़ दिया था।

अचला राजन की आँखों के भाव पहचान रही है। धुली पत्तियों से फिसलकर बूँदें उसपर टपक जाती हैं। अचला के मन में कुछ चक्कर काटने लगता है : पानी में भीगी चमकती सड़क, दूर-दूर तक कहीं कोई नहीं, सिर्फ वह और राजन–और तब नीलू ने जो कुछ भी उसके साथ किया, उसकी पीड़ा अचानक मिट गई। वह नीलू से बहुत बड़ी, बहुत ऊपर हो गई। वह मुक्त हो गई है उस शाप से, उस कचोट के बंधन से, क्योंकि राजन की आँखों ने उससे कहा है कि वह सचमुच सुंदर है।

राजन की स्थिर, अचंचल दृष्टि से अचला की आँखें बँधकर रह गईं। पारिजात पुष्पों-सी कोमल सुवासित बूँदें उसपर झरती रहीं। राजन की हथेलियाँ ठण्डी हैं, अचला का शरीर उस स्पर्श से थरथराने लगता है–उसकी झिझकती उँगलियाँ आगे बढ़कर उसके माथे का दाग छूती है। "अचला"–राजन का रुद्ध कण्ठ उसे पुकारता है।

'और मैंने सोचा था कि मैं मर चुकी हूँ।' अचला के मन में यह विचार कौंध गया। अचानक ही जब राजन उसके इतना निकट था, उसके आगे दो आँसू-भरी आँखें आ गईं। उसे लगा कि बाँसों की चुभीली पत्तियों पर लेटकर कोई अभी-अभी रोया है, उसकी सिसकियाँ अब भी वातावरण में भटक रही हैं। असीम सुख के उस क्षण में भी अचला ने स्पष्ट रूप से अनुभव कर लिया है कि इस मोहबंध को तोड़कर उसे जाना ही है क्योंकि वे भीगी आँखें उसकी अपनी हैं।

वापसी

गजाधर बाबू ने कमरे में जमा सामान पर एक नज़र दौड़ाई—दो बक्स, डोलची, बालटी—"यह डिब्बा कैसा है गनेशी ?" उन्होंने पूछा। गनेशी बिस्तर बाँधता हुआ, कुछ गर्व, कुछ दुःख, कुछ लज्जा से बोला, "घरवाली ने साथ को कुछ बेसन के लड्डू रख दिए हैं। कहा, बाबूजी को पसन्द थे, अब कहाँ हम गरीब लोग आपकी कुछ खातिर कर पाएँगे।" घर जाने की खुशी में भी गजाधर बाबू ने एक विषाद का अनुभव किया जैसे एक परिचित, स्नेही, आदरमय, सहज संसार से उनका नाता टूट रहा था।

"कभी-कभी हम लोगों की भी खबर लेते रहिएगा।" गनेशी बिस्तर में रस्सी बाँधता हुआ बोला।

"कभी कुछ ज़रूरत हो तो लिखना गनेशी। इस अगहन तक बिटिया की शादी कर दो।"

गनेशी ने अँगोछे के छोर से आँखें पोंछीं, "अब आप लोग सहारा न देंगे, तो कौन देगा ! आप यहाँ रहते तो शादी में कुछ हौसला रहता।"

गजाधर बाबू चलने को तैयार बैठे थे। रेलवे क्वार्टर का वह

कमरा, जिसमें उन्होंने कितने ही वर्ष बिताए थे, उनका सामान हट जाने से कुरूप और नग्न लग रहा था। आँगन में रोपे पौधे भी जान-पहचान के लोग ले गए थे, और जगह-जगह मिट्टी बिखरी हुई थी। पर पत्नी, बाल-बच्चों के साथ रहने की कल्पना में यह बिछोह एक दुर्बल लहर की तरह उठकर विलीन हो गया।

गजाधर बाबू खुश थे, बहुत खुश। पैंतीस साल की नौकरी के बाद वह रिटायर होकर जा रहे थे। इन वर्षों में अधिकांश समय उन्होंने अकेले रहकर काटा था। इन अकेले क्षणों में उन्होंने इसी समय की कल्पना की थी, जब वह अपने परिवार के साथ रह सकेंगे। इसी आशा के सहारे वह अपने अभाव का बोझ ढो रहे थे। संसार की दृष्टि में उनका जीवन सफल कहा जा सकता था। उन्होंने शहर में एक मकान बनवा लिया था, बड़े लड़के अमर और लड़की कान्ति की शादियाँ कर दी थीं, दो बच्चे ऊँची कक्षाओं में पढ़ रहे थे। गजाधर बाबू नौकरी के कारण प्रायः छोटे स्टेशनों पर रहे, और उनके बच्चे और पत्नी शहर में, जिससे पढ़ाई में बाधा न हो। गजाधर बाबू स्वभाव से बहुत स्नेही व्यक्ति थे और स्नेह के आकांक्षी भी। जब परिवार साथ था, ड्यूटी से लौटकर बच्चों से हँसते-बोलते, पत्नी से कुछ मनोविनोद करते—उन सबके चले जाने से उनके जीवन में गहन सूनापन भर उठा। खाली क्षणों में उनसे घर में टिका न जाता। कवि प्रकृति के न होने पर भी, उन्हें पत्नी की स्नेहपूर्ण बातें याद रहतीं। दोपहर में, गरमी होने पर भी, दो बजे तक आग जलाए रहती और उनके स्टेशन से वापस आने पर गरम-गरम रोटियाँ सेंकती—उनके खा चुकने और मना करने पर भी थोड़ा-सा कुछ और थाली में परोस देती, और बड़े प्यार से आग्रह करती। जब वह, थके-हारे बाहर से आते, तो उनकी आहट पा वह रसोई के द्वार पर निकल आती, और उनकी सलज्ज आँखें मुस्करा उठतीं। गजाधर बाबू को तब हर छोटी बात भी याद आती और वह उदास हो

उठते...अब कितने वर्षों बाद वह अवसर आया था जब वह फिर उसी स्नेह और आदर के मध्य रहने जा रहे थे।

टोपी उतारकर गजाधर बाबू ने चारपाई पर रख दी, जूते खोलकर नीचे खिसका दिए, अन्दर से रह-रहकर कहकहों की आवाज़ आ रही थी, इतवार का दिन था और उनके सब बच्चे इकट्ठे होकर नाश्ता कर रहे थे। गजाधर बाबू के सूखे चेहरे पर स्निग्ध मुस्कान आ गई। उसी तरह मुस्कराते हुए, वह बिना खाँसे अन्दर चले आए। उन्होंने देखा कि नरेन्द्र कमर पर हाथ रखे शायद गत रात्रि की फिल्म में देखे गए किसी नृत्य की नकल कर रहा था, और बसंती हँस-हँसकर दुहरी हो रही थी। अमर की बहू को अपने तन-बदन, आँचल या घूँघट का कोई होश न था और वह उन्मुक्त रूप से हँस रही थी। गजाधर बाबू को देखते ही नरेन्द्र धप से बैठ गया और चाय का प्याला उठाकर मुँह से लगा लिया। बहू को होश आया और उसने झट से माथा ढक लिया, केवल बसंती का शरीर रह-रहकर हँसी दबाने के प्रयत्न में हिलता रहा।

गजाधर बाबू ने मुस्कराते हुए उन लोगों को देखा। फिर कहा, "क्यों नरेन्द्र, क्या नकल हो रही थी ?" "कुछ नहीं बाबूजी।" नरेन्द्र ने सिटपिटाकर कहा। गजाधर बाबू ने चाहा था कि वह भी इस मनोविनोद में भाग लेते, पर उनके आते ही जैसे सब कुण्ठित हो चुप हो गए, उससे उनके मन में थोड़ी-सी खिन्नता उपज आई। बैठते हुए बोले, "बसंती, चाय मुझे भी देना। तुम्हारी अम्माँ की पूजा अभी चल रही है क्या ?" बसंती ने माँ की कोठरी की ओर देखा, "आभी आती ही होंगी," और प्याले में उनके लिए चाय छानने लगी। बहू चुपचाप पहले ही चली गई थी, अब नरेन्द्र भी चाय का आखिरी घूँट पीकर उठ खड़ा हुआ, केवल बसंती, पिता के लिहाज में, चौके में बैठी माँ की राह देखने लगी।

गजाधर बाबू ने एक घूँट चाय पी, फिर कहा, "बिट्टी—चाय तो फीकी है।"

"लाइए, चीनी और डाल दूँ।" बसंती बोली।

"रहने दो, तुम्हारी अम्माँ जब आएँगी, तभी पी लूँगा।"

थोड़ी देर में उनकी पत्नी हाथ में अर्घ्य का लोटा लिये निकलीं और अशुद्ध स्तुति कहते हुए तुलसी में डाल दिया। उन्हें देखते ही बसंती भी उठ गई। पत्नी ने आकर गजाधर बाबू को देखा और कहा, "अरे, आप अकेले बैठे हैं—यह सब कहाँ गए ?" गजाधर बाबू के मन में फाँस-सी करक उठी, "अपने-अपने काम में लग गए हैं—आखिर बच्चे ही हैं।"

पत्नी आकर चौके में बैठ गईं—उन्होंने नाक-भौं चढ़ाकर चारों ओर जूठे बर्तनों को देखा। फिर कहा, "सारे में जूठे बर्तन पड़े हैं। इस घर में धरम-करम कुछ नहीं। पूजा करके सीधे चौके में घुसो।" फिर उन्होंने नौकर को पुकारा, जब उत्तर न मिला तो एक बार और उच्च स्वर में, फिर पति की ओर देखकर बोलीं, "बहू ने भेजा होगा बाज़ार।" और एक लम्बी साँस लेकर चुप हो रहीं।

गजाधर बाबू बैठकर चाय और नाश्ते का इन्तज़ार करते रहे। उन्हें अचानक ही गनेशी की याद आ गई। रोज़ सुबह, पैसेंजर आने से पहले वह गर्म-गर्म पूरियाँ और जलेबी बनाता था। गजाधर बाबू जब तक उठकर तैयार होते, उनके लिए जलेबियाँ और चाय लाकर रख देता था। चाय भी कितनी बढ़िया, काँच के ग्लास में ऊपर तक भरी लबालब, पूरे ढाई चम्मच चीनी, और गाढ़ी मलाई। पैसेंजर भले ही रानीपुर लेट पहुँचे, गनेशी ने चाय पहुँचाने में कभी देर नहीं की। क्या मजाल कि कभी उससे कुछ कहना पड़े।

पत्नी का शिकायत-भरा स्वर सुनकर उनके विचारों में व्याघात पहुँचा : वह कह रही थीं, सारा दिन इसी खिच-खिच में निकल जाता है।

इसी गिरस्थी का धन्धा पीटते-पीटते उमर बीत गई। कोई ज़रा हाथ भी नहीं बँटाता।

"बहू क्या किया करती हैं ?" गजाधर बाबू ने पूछा।

"पड़ी रहती हैं। बसंती को तो फिर कहो कि कॉलेज जाना होता है।"

गजाधर बाबू ने जोश में आकर बसंती को आवाज़ दी। बसंती भाभी के कमरे से निकली तो गजाधर बाबू ने कहा, "बसंती, आज से शाम का खाना बनाने की ज़िम्मेवारी तुम पर है। सुबह का भोजन तुम्हारी भाभी बनाएँगी।"

बसंती मुँह लटकाकर बोली, "बाबूजी, पढ़ना भी तो होता है।"

गजाधर बाबू ने बड़े प्यार से समझाया, "तुम सवेरे पढ़ लिया करो। तुम्हारी माँ बूढ़ी हुईं, उनके शरीर में अब वह शक्ति नहीं बची है। तुम हो, तुम्हारी भाभी हैं, दोनों को मिलकर काम में हाथ बँटाना चाहिए।"

बसंती चुप रह गई। उसके जाने के बाद, उसकी माँ ने धीरे से कहा, "पढ़ने का तो बहाना है। कभी जी नहीं लगता, लगे कैसे ? शीला से ही फुरसत नहीं, बड़े-बड़े लड़के हैं उस घर में, हर वक्त वहाँ घुसा रहना, मुझे नहीं सुहाता। मना करूँ तो सुनती नहीं।"

नाश्ता कर, गजाधर बाबू बैठक में चले गए। घर छोटा था और ऐसी व्यवस्था हो चुकी थी कि उसमें गजाधर बाबू के रहने के लिए कोई स्थान न बचा था। जैसे किसी मेहमान के लिए कुछ अस्थायी प्रबंध कर दिया जाता है, उसी प्रकार बैठक में कुर्सियों को दीवार से सटाकर बीच में गजाधर बाबू के लिए पतली-सी चारपाई डाल दी गई थी—गजाधर बाबू उस कमरे में पड़े-पड़े, कभी-कभी अनायास ही, इस अस्थायित्व का अनुभव करने लगते। उन्हें याद हो आती उन रेलगाड़ियों की, जो आतीं और थोड़ी देर रुककर किसी और लक्ष्य की ओर चली जातीं।

घर छोटा होने के कारण बैठक में ही अब अपना प्रबन्ध किया था। उनकी पत्नी के पास अन्दर एक छोटा कमरा अवश्य था, पर उसमें एक ओर अचारों के मर्तबान, दाल, चावल के कनस्टर और घी के डिब्बे से घिरा था—दूसरी ओर पुरानी रज़ाइयाँ, दरियों में लिपटी और रस्सी से बँधी रखी थीं, उसके पास एक बड़े-से टीन के बक्स में घर-भर के गरम कपड़े थे। बीच में एक अलगनी बँधी हुई थी, जिस पर प्रायः बसंती के कपड़े लापरवाही से पड़े रहते थे। वह भरसक उस कमरे में नहीं जाते थे। घर का दूसरा कमरा अमर और उसकी बहू के पास था तीसरा कमरा, जो सामने की ओर था, बैठक था। गजाधर बाबू के आने से पहले उसमें अमर की ससुराल से आया बेंत की तीन कुर्सियों का सेट पड़ा था, कुर्सियों पर नीली गद्दियाँ और बहू के हाथों के कढ़े कुशन थे।

जब कभी उनकी पत्नी को कोई लम्बी शिकायत करनी होती, तो अपनी चटाई बैठक में डाल पड़ जाती थीं। तो वह एक दिन चटाई लेकर आ गईं। गजाधर बाबू ने घर-गृहस्थी की बातें छेड़ीं, वह घर का रवैया देख रहे थे। बहुत हलके-से उन्होंने कहा कि अब हाथ में पैसा कम रहेगा, कुछ खर्च कम होना चाहिए।

"सभी खर्च तो वाजिब-वाजिब हैं, किसका पेट काटूँ ? यही जोड़-गाँठ करते-करते बूढ़ी हो गई, न मन का पहना, न ओढ़ा।"

गजाधर बाबू ने आहत, विस्मित दृष्टि से पत्नी को देखा। उनसे अपनी हैसियत छिपी न थी। उनकी पत्नी तंगी का अनुभव कर उसका उल्लेख करतीं, यह स्वाभाविक था, लेकिन उनमें सहानुभूति का पूर्ण अभाव गजाधर बाबू को बहुत खटका। उनसे यदि राय-बात की जाती कि प्रबन्ध कैसे हो, तो उन्हें चिन्ता कम, संतोष अधिक होता। लेकिन उनसे तो केवल शिकायत की जाती थी जैसे परिवार की सब परेशानियों के लिए वही ज़िम्मेदार थे।

"तुम्हें किस बात की कमी है अमर की माँ—घर में बहू है,

लड़के-बच्चे हैं, सिर्फ रुपये से ही आदमी अमीर नहीं होता।" गजाधर बाबू ने कहा और कहने के साथ ही अनुभव किया, यह उनकी आंतरिक अभिव्यक्ति थी ऐसी कि उनकी पत्नी नहीं समझ सकतीं। "हाँ, बड़ा सुख है न बहू से। आज रसोई करने गई है, देखो क्या होता है," कहकर पत्नी ने आँखें मूँदीं, और सो गईं। गजाधर बाबू बैठे हुए पत्नी को देखते रह गए—यही थी क्या उनकी पत्नी जिसके हाथों के कोमल स्पर्श, जिसकी मुस्कान की याद में उन्होंने सम्पूर्ण जीवन काट दिया था ? उन्हें लगा कि वह लावण्यमयी युवती जीवन की राह में कहीं खो गई और उसकी जगह आज जो स्त्री है, वह उनके मन और प्राणों के लिए नितांत अपरिचिता है। गाढ़ी नींद में डूबी उनकी पत्नी का भारी-सा शरीर बहुत बेडौल और कुरूप लग रहा था, चेहरा श्रीहीन और रूखा था। गजाधर बाबू देर तक निस्संग दृष्टि से पत्नी को देखते रहे और फिर लेटकर छत की ओर ताकने लगे।

अन्दर कुछ गिरा और उनकी पत्नी हड़बड़ाकर उठ बैठीं, "लो बिल्ली ने कुछ गिरा दिया शायद," और वह अंदर भागीं, थोड़ी देर में लौटकर आईं तो उनका मुँह फूला हुआ था, "देखो बहू को, चौका खुला छोड़ आई, बिल्ली ने दाल की पतीली गिरा दी। सभी तो खाने को हैं, अब क्या खिलाऊँगी ?" वह साँस लेने को रुकीं और बोलीं, "एक तरकारी और चार पराँठे बनाने में सारा डिब्बा घी उँड़ेलकर रख दिया। ज़रा-सा दर्द नहीं है, कमाने वाला हाड़ तोड़े और यहाँ चीज़ें लुटें। मुझे तो मालूम था कि यह सब काम किसी के बस का नहीं है ?"

गजाधर बाबू को लगा कि पत्नी कुछ और बोलेंगी तो उनके कान झनझना उठेंगे। ओठ भींच, करवट लेकर उन्होंने पत्नी की ओर पीठ कर ली।

रात का भोजन बसंती ने जान-बूझकर ऐसा बनाया था कि कौर तक निगला न जा सके। गजाधर बाबू चुपचाप खाकर उठ गए, पर नरेन्द्र थाली सरकाकर उठ खड़ा हुआ और बोला, ''मैं ऐसा खाना नहीं खा सकता।''

बसंती तुनककर बोली, ''तो न खाओ, कौन तुम्हारी खुशामद करता है।''

''तुमसे खाना बनाने को कहा किसने था ?'' नरेन्द्र चिल्लाया।

''बाबूजी ने।''

''बाबूजी को बैठे-बैठे यही सूझता है।''

बसंती को उठाकर माँ ने नरेन्द्र को मनाया और अपने हाथ से कुछ बनाकर खिलाया। गजाधर बाबू ने बाद में पत्नी से कहा, ''इतनी बड़ी लड़की हो गई और उसे खाना बनाने तक का शऊर नहीं आया।'' ''अरे आता सब कुछ है, करना नहीं चाहती,'' पत्नी ने उत्तर दिया। अगली शाम माँ को रसोई में देख, कपड़े बदलकर बसंती बाहर आई तो बैठक से गजाधर बाबू ने टोक दिया, ''कहाँ जा रही हो?''

''पड़ोस में, शीला के घर।'' बसंती ने कहा।

''कोई ज़रूरत नहीं है, अन्दर जाकर पढ़ो।'' गजाधर बाबू ने कड़े स्वर में कहा। कुछ देर अनिश्चित खड़े रहकर बसंती अन्दर चली गई। गजाधर बाबू शाम को रोज़ टहलने चले जाते थे, लौटकर आए तो पत्नी ने कहा, ''क्या कह दिया बसंती से ? शाम से मुँह लपेटे पड़ी है। खाना भी नहीं खाया।''

गजाधर बाबू खिन्न हो आए। पत्नी की बात का उन्होंने कुछ उत्तर नहीं दिया। उन्होंने मन में निश्चय कर लिया कि बसंती की शादी जल्दी ही कर देनी है। उस दिन के बाद बसंती पिता से बची-बची रहने लगी। जाना होता तो पिछवाड़े से जाती। गजाधर बाबू ने दो-एक बार पत्नी से पूछा तो उत्तर मिला, ''रूठी हुई है।'' गजाधर बाबू को और रोष

हुआ। लड़की के इतने मिज़ाज, जाने को रोक दिया तो पिता से बोलेगी नहीं। फिर उनकी पत्नी ने ही सूचना दी कि अमर अलग रहने की सोच रहा है।

"क्यों ?" गजाधर बाबू ने चकित होकर पूछा।

पत्नी ने साफ-साफ उत्तर नहीं दिया। अमर और उसकी बहू की शिकायतें बहुत थीं। उनका कहना था कि गजाधर बाबू हमेशा बैठक में ही पड़े रहते हैं, कोई आने-जाने वाला हो तो कहीं बैठाने की जगह नहीं। अमर को अब भी वह छोटा-सा समझते थे, और मौके-बेमौके टोक देते थे। बहू को काम करना पड़ता था और सास जब-तब फूहड़पन पर ताने देती रहती थीं। "हमारे आने के पहले भी कभी ऐसी बात हुई थी ?" गजाधर बाबू ने पूछा। पत्नी ने सिर हिलाकर जताया कि नहीं। पहले अमर घर का मालिक बनकर रहता था—बहू को कोई रोक-टोक न थी, अमर के दोस्तों का प्राय यहीं अड्डा जमा रहता था और अन्दर से नाश्ता-चाय तैयार होकर जाता रहता था। बसंती को भी वही अच्छा लगता था।

गजाधर बाबू ने बहुत धीरे से कहा, "अमर से कहो, जल्दबाज़ी की कोई ज़रूरत नहीं है।"

अगले दिन वह सुबह घूमकर लौटे तो उन्होंने पाया कि बैठक में उनकी चारपाई नहीं है। अन्दर आकर पूछने वाले ही थे कि उनकी दृष्टि रसोई के अन्दर बैठी पत्नी पर पड़ी। उन्होंने यह कहने को मुँह खोला कि बहू कहाँ है; पर कुछ याद कर चुप हो गए। पत्नी की कोठरी में झाँका तो अचार, रज़ाइयों और कनस्टरों के मध्य अपनी चारपाई लगी पाई। गजाधर बाबू ने कोट उतारा और कहीं टाँगने को दीवार पर नज़र दौड़ाई फिर उसे मोड़कर अलगनी के कुछ कपड़े खिसकाकर, एक किनारे टाँग दिया। कुछ खाए बिना ही अपनी चारपाई पर लेट गए। कुछ भी हो, तन आखिरकार बूढ़ा ही था। सुबह-शाम कुछ दूर टहलने अवश्य

चले जाते, पर आते-आते थक उठते थे। गजाधर बाबू को अपना बड़ा-सा, खुल हुआ क्वार्टर याद आ गया। निश्चिन्त जीवन, सुबह पैसेंजर ट्रेन आने पर स्टेशन की चहल-पहल, चिरपरिचित चेहरे और पटरी पर रेल के पहियों की खट्-खट्, जो उनके लिए मधुर संगीत की तरह था। तूफान और डाक गाड़ी के इंजनों की चिंघाड़ उनकी अकेली रातों की साथी थी। सेठ रामजीमल की मिल के कुछ लोग कभी-कभी पास आ बैठते, वही उनका दायरा था, वही उनके साथी। वह जीवन अब उन्हें एक खोई निधि-सा प्रतीत हुआ। उन्हें लगा कि वह ज़िन्दगी द्वारा ठगे गए हैं। उन्होंने जो कुछ चाहा, उसमें से उन्हें एक बूँद भी न मिली।

लेटे हुए वह घर के अन्दर से आते विविध स्वरों को सुनते रहे। बहू और सास की छोटी-सी झड़प, बालटी पर खुले नल की आवाज़, रसोई के बरतनों की खटपट और उसी में दो गौरैयों का वार्तालाप–और अचानक ही उन्होंने निश्चय कर लिया कि अब घर की किसी बात में दखल न देंगे। यदि गृहस्वामी के लिए पूरे घर में एक चारपाई की जगह यहीं है, तो यहीं पड़े रहेंगे। अगर कहीं और डाल दी गई, तो वहाँ चले जाएँगे। यदि बच्चों के जीवन में उनके लिए कहीं स्थान नहीं, तो अपने ही घर में परदेसी की तरह पड़े रहेंगे...और उस दिन के बाद सचमुच गजाधर बाबू कुछ नहीं बोले। नरेन्द्र माँगने आया तो बिना कारण पूछे उसे रुपए दे दिए–बसंती काफी अँधेरा हो जाने के बाद भी पड़ोस में रही तो उन्होंने कुछ नहीं कहा–पर उन्हें सबसे बड़ा गम यह था कि उनकी पत्नी ने भी उनमें कुछ परिवर्तन लक्ष्य नहीं किया। वह मन-ही-मन कितना भार ढो रहे हैं इससे वह अनजान ही बनी रहीं। बल्कि उन्हें पति के घर के मामले में हस्तक्षेप न करने के कारण शान्ति ही थी। कभी-कभी कह भी उठतीं, "ठीक ही है, आप बीच में न पड़ा कीजिए, बच्चे बड़े हो गए हैं, हमारा जो कर्तव्य था, कर रहे हैं। पढ़ा रहे हैं, शादी

कर देंगे।"

गजाधर बाबू ने आहत दृष्टि से पत्नी को देखा। उन्होंने अनुभव किया कि वह पत्नी व बच्चों के लिए केवल धनोपार्जन के निमित्त मात्र हैं। जिस व्यक्ति के अस्तित्व से पत्नी माँग में सिंदूर डालने की अधिकारिणी है, समाज में उसकी प्रतिष्ठा है, उसके सामने वह दो वक्त भोजन की थाली रख देने से सारे कर्तव्यों से छुट्टी पा जाती हैं। वह घी और चीनी के डिब्बों में इतनी रमी हुई हैं कि अब वही उनकी सम्पूर्ण दुनिया बन गई है। गजाधर बाबू उनके जीवन के केन्द्र नहीं हो सकते, उन्हें तो अब उनकी शादी के लिए भी उत्साह बुझ गया। किसी बात में हस्तक्षेप न करने के लिए निश्चय के बाद भी उनका अस्तित्व उस वातावरण का एक भाग न बन सका। उनकी उपस्थिति उस घर में ऐसी असंगत लगने लगी थी, जैसे सजी हुई बैठक में उनकी चारपाई थी। उनकी सारी खुशी एक गहरी उदासीनता में डूब गई।

इतने सब निश्चयों के बावजूद भी गजाधर बाबू एक दिन बीच में दखल दे बैठे। पत्नी स्वभावानुसार नौकर की शिकायत कर रही थीं, "कितना कामचोर है, बाज़ार की हर चीज़ में पैसा बचाता है, खाने बैठता है, तो खाता ही चला जाता है।" गजाधर बाबू को बराबर यह महसूस होता रहता था कि उनके घर का रहन-सहन और खर्च उनकी हैसियत से कहीं ज़्यादा है। पत्नी की बात सुनकर लगा कि नौकर का खर्च बिलकुल बेकार है; छोटा-मोटा काम है, घर में तीन मर्द हैं, कोई-न-कोई कर ही देगा; उन्होंने उसी दिन नौकर का हिसाब कर दिया। अमर दफ्तर से आया तो नौकर को पुकारने लगा। अमर की बहू बोली, "बाबूजी ने नौकर छुड़ा दिया है।"

"क्यों ?"

"कहते हैं खर्च बहुत है।"

यह वार्तालाप बहुत सीधा-सा था, पर जिस टोन में बहू बोली,

गजाधर बाबू को खटक गया। उस दिन जी भारी होने के कारण गजाधर बाबू टहलने नहीं गए थे। आलस्य में, उठकर बत्ती भी नहीं जलाई—इस बात से बेखबर नरेन्द्र माँ से कहने लगा, "अम्माँ, तुम बाबूजी से कहतीं क्यों नहीं ? बैठे-बिठाए कुछ नहीं तो नौकर ही छुड़ा दिया। अगर बाबूजी यह समझें कि मैं साइकिल पर गेहूँ रख आटा पिसाने जाऊँगा तो मुझसे यह नहीं होगा।" "हाँ अम्माँ"—बसंती का स्वर था, "मैं कॉलेज भी जाऊँ और लौटकर घर में झाड़ू भी लगाऊँ, यह मेरे बस की बात नहीं है।"

"बूढ़े आदमी हैं," अमर मुनमुनाया, "चुपचाप पड़े रहें। हर चीज़ में दखल क्यों देते हैं !" पत्नी ने बड़े व्यंग्य से कहा, "और कुछ नहीं सूझा तो तुम्हारी बहू को ही चौके में भेज दिया। वह गई तो पन्द्रह दिन का राशन पाँच दिन में बनाकर रख दिया।" बहू कुछ कहे, इससे पहले वह चौके में घुस गईं। कुछ देर में अपनी कोठरी में आईं और बिजली जलाई तो गजाधर बाबू को लेटे देख बड़ी सिटपिटाईं। गजाधर बाबू की मुखमुद्रा से वह उनके भावों का अनुमान न लगा सकीं। वह चुप, आँखें बन्द किए लेटे रहे।

गजाधर बाबू चिट्ठी हाथ में लिये अंदर आए और पत्नी को पुकारा। वह भीगे हाथ लिये निकलीं और आँचल से पोंछती हुई पास आ खड़ी हुईं। गजाधर बाबू ने बिना किसी भूमिका के कहा, "मुझे सेठ रामजीमल की चीनी-मिल में नौकरी मिल गई है। खाली बैठे रहने से तो चार पैसे घर में आएँ, वही अच्छा है। उन्होंने तो पहले ही कहा था, मैंने मना कर दिया था।" फिर कुछ रुककर, जैसे बुझी हुई आग में एक चिनगारी चमक उठे, उन्होंने धीमे स्वर में कहा, "मैंने सोचा था कि बरसों तुम सबसे अलग रहने के बाद, अवकाश पाकर परिवार के साथ रहूँगा। खैर,

परसों जाना है। तुम भी चलोगी ?''

''मैं ?'' पत्नी ने सकपका कर कहा, ''मैं चलूँगी तो यहाँ का क्या होगा ? इतनी बड़ी गृहस्थी, फिर सयानी लड़की...''

बात बीच में काट गजाधर बाबू ने थके, हताश स्वर में कहा, ''ठीक है, तुम यहीं रहो। मैंने तो ऐसे ही कहा था।'' और गहरे मौन में डूब गए।

नरेन्द्र ने बड़ी तत्परता से बिस्तर बाँधा और रिक्शा बुला लाया। गजाधर बाबू का टिन का बक्स और पतला-सा बिस्तर उस पर रख दिया गया। नाश्ते के लिए लड्डू और मठरी की डलिया हाथ में लिये गजाधर बाबू रिक्शे पर बैठ गए। एक दृष्टि उन्होंने अपने परिवार पर डाली और फिर दूसरी ओर देखने लगे और रिक्शा चल पड़ा। उनके जाने के बाद सब अन्दर लौट आए। बहू ने अमर से पूछा, ''सिनेमा ले चलिएगा न ?'' बसंती ने उछलकर कहा, ''भइया, हमें भी।''

गजाधर बाबू की पत्नी सीधे चौके में चली गईं। बची हुई मठरियों को कटोरदान में रखकर अपने कमरे में लाईं और कनस्टरों के पास रख दिया, फिर बाहर आकर कहा, ''अरे नरेन्द्र, बाबूजी की चारपाई कमरे से निकाल दे। उसमें चलने तक की जगह नहीं है।''

उषा प्रियंवदा

आरंभिक जीवन : 24 दिसंबर 1930, कानपुर के संभ्रांत कायस्थ परिवार में। पिता शहर के मशहूर वकील।

उनकी तीन पुत्रियों में से सबसे छोटी संतान। पिता की असमय मृत्यु के बाद, अपने समय के प्रसिद्ध राजनीतिकर्मी और सांसद शिब्बनलाल सक्सेना, के संरक्षण में पालन-पोषण। श्री सक्सेना उषा की बुआ के बड़े बेटे थे।

शिक्षा : 1952 में इलाहाबाद विश्वविद्यालय से अंग्रेजी साहित्य में एम.ए. 1955 में वहीं से प्रेमचंद के उपन्यासों पर पी.एच.डी.। इसी दौरान रिसर्च फेलो की हैसियत से विश्वविद्यालय में अध्यापन।

शैक्षिक जीवन : 1956-59, दिल्ली के लेडी श्रीराम कॉलिज में अंग्रेजी साहित्य का अध्यापन।

1959-61—पारिवारिक स्थितियों के कारण इलाहाबाद लौटकर वहीं विश्वविद्यालय में अध्यापन।

1961-62—फेलोशिप पर अमेरिका में इंडियाना विश्वविद्यालय में शोध।

1963-72—विस्कासिन विश्वविद्यालय में एसिस्टेंट प्रोफेसर के रूप में साउथ एशियन स्टूडीज विभाग में नियुक्ति और हिंदी भाषा और साहित्य का अध्यापन।

1972—में वहीं प्रोफेसर के रूप में पदोन्नति। संप्रति वहीं कार्यरत

रचनाएँ : आरंभिक कहानियाँ 20-25 वर्ष की आयु में 'सरिता' में

उषा सक्सेना के नाम से प्रकाशित। बाद में नाम के कारण रचनाओं के बारे में कुछ भ्रामक स्थिति उत्पन्न होने के कारण माँ 'प्रियंवदा' के नाम को जोड़कर उषा प्रियंवदा के नाम से निरंतर लेखन सरिता में प्रकाशित आरंभिक कहानियों के दो संग्रह 'फिर वसंत आया' नाम से सरिता प्रेस से केवल उषा नाम से छाप दिए गए।

उषा प्रियंवदा नाम से पहला कहानी संग्रह ''जिंदगी और गुलाब के फूल'' भारतीय ज्ञानपीठ से प्रकाशित हुआ।

'एक कोई दूसरा', 'कितना बड़ा झूठ' और 'शून्य तथा अन्य रचनाएँ' राजकमल प्रकाशन प्रा. लि. से प्रकाशित।

उपन्यास : पचपन खंभे लाल दीवारें (राजकमल प्रकाशन) 'रुकोगी नहीं राधिका' और 'शेष यात्रा' (राधाकृष्ण प्रकाशन)

इसके अतिरिक्त साहित्य अकादमी की योजना के अंतर्गत मीराबाई के पदों का अंग्रेजी में अनुवाद।

देश-विदेश के विश्वविद्यालयों और संस्थाओं के निमंत्रण पर संगोष्ठियों में भागीदारी।

'पचपन ख़ंभे लाल दीवारें' पर सी.पी.सी. दूरदर्शन द्वारा टेली-सीरियल का निर्माण। 'शून्य तथा...' में संकलित अनेक रचनाओं का बी.बी.सी. से प्रसारण।

□□